Carton noir

STÉPHANE DANIEL

MAGNARD JEUNESSE

Pour Margot, Maëlle, Thomas, Isabelle et Christian
Notre présent a de l'avenir...

Cette œuvre est une fiction.
Toute ressemblance avec des personnes existantes ou ayant existé ne serait que pure coïncidence.

20, rue Berbier-du-Mets - 75013 Paris
www. magnard. fr

Loi n° 49-956 du 16-07-1949 sur les publications destinées à la jeunesse.

Illustration de couverture : Emmanuel Cerisier.
Photogravure : Atelier Fossard
Dépôt légal : avril 2003 - N° d'éditeur : 2003/213
N° d'imprimeur : 63421

LA VIOLENCE est l'une des expériences vécues les plus intenses et, pour ceux susceptibles de s'y abandonner, un des plaisirs les plus puissants. J'ai senti là, dans les rues de Fulham, tandis que le groupe franchissait cette falaise métaphorique, que j'avais perdu toute espèce de pesanteur. J'avais échappé à la gravitation, j'étais plus fort qu'elle. Je planais au-dessus de moi-même, j'étais devenu capable de tout percevoir au ralenti avec une extraordinaire acuité. J'ai compris par la suite que j'étais comme sous l'emprise d'une drogue, dans un état d'euphorie dû à l'adrénaline. Pour la première fois, je comprends les mots qu'ils utilisent pour décrire cela. La violence de la foule est leur drogue.

Qu'est-ce que cela été a pour moi ? Une expérience totale.

Bill Buford,

Parmi les hooligans.

1

UN FLIPPER CRACHE SA BOULE dans un coin. Derrière le comptoir, le patron dirige son concerto pour PMU à coups de gestes répétitifs.

Les Canons du stade tirent à boulets de rouge en heures creuses. Le reste du temps, la brasserie du boulevard Murat accueille une clientèle plus intéressée par les grands crus que par les petites cuites. En ce milieu d'après-midi, ce n'est pas la cohue et la salle propose une belle collection de banquettes vides.

Deux hommes occupent une table sous la glace qui couvre le pan de mur du fond. De styles différents. Le premier cultive la distinction dans un costume strict dont le gris foncé est rehaussé par la touche vive d'une cravate rouge. Il porte haut sa trentaine sportive et affairée. Alerté par un vibreur, il plonge sa main dans la poche intérieure de sa veste et en sort un téléphone portable.

« Guillaume Safran, j'écoute ! »

Son vis-à-vis, auquel il accorde de temps à autre

une attention distraite, ne cultive avec lui que sa différence. Vêtu d'un jean délavé et d'un tee-shirt blanc sous un blouson aviateur, il offre en reflet au visage régulier qui lui fait face la ligne bosselée d'un nez étroit et des sourcils minces et pelés comme des balafres. Son front marqué de minuscules cicatrices s'achève par des cheveux couleur paille taillés en brosse. Il darde sur l'assemblée un regard morne qu'il est difficile de soutenir longtemps. De ces regards qui ne servent qu'à évaluer des forces, à détecter des failles. Il se tient légèrement voûté, ses longs doigts joints enserrent un jeu de cartes dont il caresse du pouce gauche les tranches parfaitement alignées.

L'autre alimente la conversation par de brefs sons de gorge. La posture est étudiée, c'est un homme d'ordre, de décision. L'anneau de sa chevalière ornée d'un S ouvragé heurte comme un métronome le verre renforcé de la table sur laquelle un serveur vient poser une bière et une coupe de champagne.

« ... Je te rappelle. »

Le téléphone disparaît.

« J'ai du nouveau, Tommy », dit-il.

Tommy pose son jeu et trempe ses lèvres dans le demi de bière. Une mousse légère ourle sa lèvre supérieure quand il le repose sans prononcer un mot.

« On s'occupe du fouille-merde demain soir », reprend Guillaume Safran.

Tommy acquiesce d'un battement de paupière.

« Pascal passera le mot, poursuit-il, tu seras tranquille. Tu pourras même, si ça te chante, te faire un scalp de ses cheveux longs. Ce type ne vient pas au Parc pour le foot. Le foot, ça ne l'intéresse pas. Tu peux comprendre ça, toi ?

– Difficile... »

Accent anglais prononcé, périphérie de Londres. Tommy est avare de ses paroles. Il n'est pas sourd mais parle souvent avec ses mains. Avec les phalanges de ses mains, plus exactement. Et sans accent.

Guillaume Safran sourit. Il sait que le programme réjouit Tommy, même s'il n'en laisse rien paraître. L'Anglais apprécie quand ça va plus loin.

« Tout le monde devrait aimer le foot comme nous l'aimons, déclare-t-il en faisant tourner sa chevalière autour de son annulaire. Avec folie, avec passion ! Le foot nous a tout donné, Tommy... »

Les pupilles noires de Safran se voilent.

« ... Ce n'est pas ce garçon qui va tout nous reprendre. Pas maintenant...

– Il est mort », dit simplement Tommy.

Puis il vide sa bière d'une longue gorgée et cherche des yeux le serveur pour en commander une autre.

« Bien, dit Safran en hochant la tête à plusieurs reprises. Juste une chose. Pas de vagues... Il sera dans les rangées basses. Le commando fera diversion pendant que tu agiras, tu t'arrangeras pour l'entraîner avec vous. Ton boulot achevé, file avec les moutons paniqués. Le temps que les flics réagissent, tu seras dehors. Je t'attendrai.

– Compris. »

Ayant entendu ce qu'il voulait entendre, Guillaume

Safran se lève, redresse son nœud de cravate et jette sur la table un billet de dix euros. Il n'a pas touché à sa coupe de champagne.

« Alors, à demain », dit-il en guise d'au-revoir.

Tandis qu'il se dirige vers la sortie, Tommy récupère ses cartes et les dispose à plat sur la plaque de verre, une par une, comme pour entamer une réussite. Puis il les réunit et les mélange en silence.

Il serait bien en peine de faire une réussite. Le jeu qu'il bat est un peu spécial.

Il ne contient que des as de pique.

2

Olivier s'arrête un instant sur la passerelle qui enjambe le périphérique. Sur l'asphalte, des centaines de feux rouges se traînent vers le nord parisien en colonies pressées et compressées. Sur l'autre voie, autant de phares blancs alignent vers lui leurs yeux hébétés. Le vacarme est puissant à l'aplomb du trafic. Coincés dans leurs sièges, les automobilistes triturent leur volant, la tête sans doute immergée dans une onde radio pour n'avoir pas à regarder le paysage de murs aveugles qui canalise tant de minutes à tuer. Un fleuve de temps mort. Olivier relève la tête.

Le stade est là, masse austère prostrée sous un ciel de cendre noircie. Son toit en escalier corseté d'arceaux semble s'affaisser sous le poids des nuages bas. Il évoque le cadavre d'une gigantesque chenille avec ses anneaux de béton inertes. Les façades rouges et blanches de l'avenue du Docteur-Paul-Michaux tiennent le monstre dans leur ligne de mire.

Olivier relève le col de son blouson et attache ses cheveux longs à l'aide d'un élastique. Une excitation le gagne à l'heure de pénétrer dans l'enceinte.

Depuis un an qu'il habite rue du Chemin-Vert, commune de Boulogne-Billancourt, à une portée de lance-pierres du Parc des Princes, l'envie d'y faire un tour ne l'avait encore jamais effleuré. Les soirs de match, la fenêtre de sa cuisine entrebâillée, il peut pourtant suivre l'évolution des rencontres rien qu'aux vagues sonores qui montent et refluent dans cette cuvette à ciel ouvert, débordent quelquefois les soirs de ferveur exceptionnelle. Il aura fallu que Kamel rencontre le capot d'une Toyota pour qu'il traverse enfin l'avenue de la Porte-de-Saint-Cloud.

Kamel, qui travaille dans l'épicerie paternelle à l'angle de la rue Henri-Martin, en face de chez Olivier, est moins supporter du Paris-Saint-Germain que maraudeur des tribunes où, depuis la dernière Coupe du monde, se hasardent enfin quelques filles en mal de sensations fortes. En apprenant la nouvelle, l'intérêt de Kamel pour le foot a brusquement ouvert ses pétales. Dragueur de stade impénitent, il a pris ses quartiers au Parc et il est devenu l'un des 1 479 abonnés de la tribune Paris K Bleu, en quête du grand amour. Mais ce n'est pas ce dimanche soir qu'il va le trouver. Ce que l'épicier romantique embrasse à l'heure qu'il est, c'est l'oreiller d'une chambre à l'hôpital Ambroise-Paré, où il a été accueilli pour une double fracture du bras droit et un léger traumatisme crânien après avoir été renversé par un 4 x 4 rue du Chemin-Vert. Olivier, inquiet, lui a rendu visite. En sortant, sa poche était riche d'un billet pour PSG/Nancy comptant pour une journée du Championnat de France. Un don spontané effectué contre la promesse de demander à toutes les jolies filles rencontrées de renouveler leur abonnement pour la saison prochaine.

Olivier n'aime pas spécialement le foot. S'il a pu prendre du plaisir à assister à certains matchs devant son écran de télé, il a toujours pensé que, dans ce sport spectacle, le spectacle dévorait un peu trop le sport. Les débordements hystériques des supporters suscitent chez lui une méfiance instinctive. Il appartient à la tribu des sportifs individuels. De champion régional d'escrime dans le Loiret, il est devenu moniteur de boxe française dans une salle de Boulogne. Autant de disciplines où le public, restreint, est formé de connaisseurs, souvent pratiquants. Le foot, lui, semble rassembler beaucoup de croyants mais peu de pratiquants parmi les braillards qui brandissent écharpes et banderoles aux couleurs de leur club, ce qui le rend perplexe sur leurs motivations.

La sienne, en ce soir de ciel menaçant, c'est la curiosité. L'occasion de voir de près les bataillons aux hymnes guerriers s'est présentée, il la saisit avec une pointe d'excitation. La messe va se jouer, et il sera pour une fois dans les chœurs.

Arrivé en avance, il s'approche de l'enceinte du stade. Les groupes d'abonnés commencent à se masser près des guichets grillagés qui leur sont réservés, dégorgés par les bouches de métro, les bus RATP, ou parvenus jusqu'ici dans des voitures qu'on gare n'importe où pourvu que ça rentre. Vu d'avion, le quartier doit ressembler à une rencontre internationale de dominos. L'ambiance est joyeuse, on s'insulte à tour de lèvres pour déclencher les rires gras. Le fait de réserver une tribune aux visiteurs n'est pas étranger à la décontraction générale. Ici, on est entre soi, les « ennemis » sont parqués à distance respectable.

Olivier s'attarde près d'un trio encadrant un quinquagénaire hâbleur planté au garde-à-vous sous sa casquette rouge à visière bleue. Gouaille parisienne garantie pure La Villette. Le récit épique d'un déplacement récent au Stade-Vélodrome de Marseille le retient une minute, puis il poursuit son chemin. Un vague résultat lui revient en mémoire, celui d'une défaite du PSG à Marseille, chez les ennemis jurés. La rancœur mijote.

Il ouvre les yeux, des groupes le croisent, mannequins de la boutique du club, arborant maillots, vestes de survêtement, écharpes, casquettes aux couleurs des gladiateurs parisiens.

La tension feutrée due à la déculottée en terre phocéenne explique peut-être que des silhouettes noires se mêlent en nombre aux préparatifs de la fête. Des cordons de CRS encadrent le rassemblement autour du Parc et, pour atteindre les points d'entrée, il faut franchir sous l'œil attentif de policiers en civil un périmètre de sécurité délimité par des chicanes de grilles mobiles.

Une boule se forme lentement au creux de l'estomac d'Olivier. En forme de ballon rond qui se digère mal. Est-ce la guerre ? Ou une insurrection qui se prépare ?

La foule grossit maintenant autour de lui et son

malaise s'accroît. Il décide d'interrompre sa promenade et de pénétrer dans le vif du sujet. Donc dans l'enceinte du Parc.

3

LE STEWARD EN VESTE ORANGE lui offre une visite guidée de cinq secondes.

« Sur les marches, le numéro du rang, sur le siège, votre numéro de place. Ça ira ? »

Olivier opine et examine son billet : 3e rang, n° 47.

Il grimpe l'escalier et compte les sièges. Progressant entre deux rangées, il se penche à demi vers une mèche de longs cheveux et glisse aimablement :

« Excusez-moi, je crois que vous êtes assise à ma place. »

Un visage fermé, comme endormi, se tourne vers lui. La fille qui se tenait les coudes plantés sur les cuisses et le menton posé au creux des mains ne goûte guère la remarque et son visage l'exprime sans ambiguïté. En poussant un léger soupir, elle se décale d'une place.

« C'est la première fois que je viens, ajoute Olivier pour se faire pardonner. Peut-être que le numéro des places n'a pas tellement d'importance... »

Rideau de cheveux. Et une voix qui le perce.

« Il en a pour vous, on dirait ! »

Très sympathique voisine, se dit Olivier en se promettant bien de ne lui parler à nouveau que sous la torture.

Ce premier contact pris avec le public du Parc, il se concentre sur le lieu pour oublier l'incident.

D'abord lui sautent aux yeux les couleurs : le tapis de la pelouse, d'un vert tendre allumé par des rangées de projecteurs fixés sous l'arête du toit, puis le rouge et le bleu des sièges rabattables qui ceinturent les gradins, rompus çà et là par les taches sombres des spectateurs déjà en place. Un écran géant diffuse des extraits des précédentes rencontres ayant opposé les équipes qui se préparent à l'affrontement. La sono diffuse un morceau de Barry White.

Il doit l'avouer, ça a beaucoup d'allure.

Loin, de l'autre côté, dans le virage Auteuil, il remarque d'immenses banderoles accrochées sur le muret de béton qui sépare les parties haute et basse de la tribune. Ultras Auteuil, HooliDogs, Fanatics. Ces secteurs attribués à des clubs de supporters officiels sont déjà noirs de monde. En tournant la tête vers la droite, il constate que le virage contre lequel il se trouve coincé, et dont il n'est séparé que par une grille hérissée de piques, est peuplé de leurs alter ego. Par manque de recul, il ne parvient à lire qu'une inscription sur un drapeau qu'agite un bedonnant torse nu : Kop de Boulogne.

Sur l'autre face du drapeau, un dogue stylisé montre les crocs.

L'arbitre a sifflé le coup d'envoi. Les joueurs tracent leurs premières diagonales sur le gazon parfait ; des lilliputiens montés sur une table de billard. L'image en flash fait sourire Olivier, coincé entre Miss Sourire à droite et, à gauche, une montagne constituée de 90 kilos de hot dogs baignant dans 10 litres de Stella Artois. Le mastodonte, manifestement à l'étroit, ponctue les actions de jeu de grognements de plantigrade. La tribune est maintenant bondée. Les trois rangées derrière lui sont envahies par des trublions joyeux dont l'accoutrement bleu et rouge désigne l'équipe qu'ils ont l'intention d'encourager.

Curieusement, les virages sont silencieux depuis le coup d'envoi. Les supporters de choc assis derrière une rangée de tambours inutiles adoptent un profil bas, comme s'ils se désintéressaient de la rencontre. Une attitude qui semble révolter le spectateur situé juste derrière Olivier ; il marmonne, maugrée, vitupère contre l'apathie honteuse du kop. Au premier coup franc sifflé dans la surface au profit du PSG, il se lève même et hurle, tourné vers les groupes patibulaires réunis derrière la grille de séparation, un « Allez Paris ! » rageur repris à pleins poumons par ses voisins de siège, cri porteur d'un message à l'attention des endormis, qu'on pourrait résumer par : « Mais qu'est-ce qui vous prend ? Pour qui vous roulez ? »

Entre les barreaux, des trognes pivotent vers l'inconscient et le fusillent du regard. Olivier entend presque dans son dos le courageux supporter avaler sa salive. Dans le kop, un type monte sur son siège, s'empare d'un mégaphone et le pointe dans leur direction comme s'il tenait un bazooka.

« Hé, toi ! attaque-t-il d'une voix rendue sépulcrale par le micro de mauvaise qualité, ici c'est le kop, et toi t'es rien ! Les vrais supporters sont avec moi, dans la cage, pas chez les planqués des tribunes présidentielles. Juste une info pour que tu te couches moins crétin ce soir : on était à Marseille et on a souffert de l'humiliation qu'on a subie. Ce silence, c'est notre manière de protester. T'étais où, toi ? Devant ta téloche, avec ton short et tes petits fours ? Dans dix minutes, on va se réveiller ! On verra si t'es capable comme nous de rester debout tout un match pour porter Paris jusqu'à la victoire ! »

À peine ce dernier mot est-il prononcé que le kop autour de son meneur se réveille. Tout le monde se lève, bras tendus vers le fauteur de troubles, dans un tollé de rugissements impressionnants. Derrière Olivier, les mastodontes rentrent dans leurs coquilles. Puis le calme se réinstalle.

Le malaise qu'il a ressenti avant de pénétrer dans le stade gagne à nouveau Olivier. Il ne comprend pas. Cette agressivité incroyable, ces mises en garde échangées entre soi-disant frères d'armes, pour reprendre le langage guerrier qu'ils affectionnent... En bas, sur la pelouse, le coup franc n'a rien donné.

Et les minutes s'égrènent.

Difficile pour lui de se concentrer sur le spectacle, il est vrai de médiocre qualité. Son attention est détournée vers cette portion de tribune, à quelques pas de lui, où couve une réaction qu'il redoute, ignorant la forme qu'elle prendra. Le rideau de cheveux longs sur sa droite reste tiré. Pourtant, il brûle de poser des questions à celle dont le détachement manifeste prouve qu'elle a l'expérience de ces situations. Il faut se faire une raison, ce sera dans une autre vie, parce que la voisine est aussi fermée à la discussion qu'une huître abandonnée sous une presse à grain.

Un quart d'heure de match.

Dans le kop, l'explosion.

La bouche collée à son mégaphone, le meneur dirige ses troupes. Il entonne un chant que reprennent à s'en déchirer les cordes vocales des centaines de gorges. La gestuelle est de la partie. Au refrain, on frappe des mains, « PSG ! », et on tend les deux bras droit devant soi comme un seul homme. Trois officiants torse nu défoncent la peau d'une rangée de tambours avec une hampe de drapeau pour donner le rythme.

Ce n'est plus une assemblée de supporters, c'est devenu une masse, un groupe compact, robotisé.

Olivier ne peut détacher les yeux du spectacle. Il est fasciné et révulsé, ballotté par la force qui se dégage d'un engagement aussi total du corps et de l'esprit dans une aussi dérisoire croisade. Autour de lui, les gens s'agitent, comme brûlés par les ondes qui se répandent des virages, contaminés par la hargne.

Soudain, là-bas, il se passe quelque chose.

Un groupe, qui a dévalé les escaliers latéraux, se précipite contre les grilles, côté kop de Boulogne.

Certains d'entre eux sont masqués par des foulards marqués des initiales K.C. Une rangée s'adosse aux grilles, une seconde vague grimpe sur les épaules alignées et franchit l'obstacle. Des visages tordus, affamés, des yeux fous. Les assaillants prennent pied dans la tribune présidentielle et frappent tout ce qui se présente devant eux.

Secondes insensées.

La violence à l'état pur, parce que gratuite. C'est la panique, immédiate.

Le film qui se déroule sous les yeux d'Olivier passe au ralenti. Le temps, comme coupé net, saigne en saccades. Un trio se rue vers lui, le premier agresseur le fixe, le prend pour cible parce qu'il a le tort d'être là ; Olivier serre les poings, se raidit, mais le visage en face grimace de surprise, ou de douleur, un choc a cassé son élan et il ne marche plus mais tombe soudain sur lui, le regard chaviré, haine molle, légèrement cambré. Le poids du corps écrase Olivier contre le battant d'un siège. Il n'a pas eu le temps d'assurer sa prise, l'autre glisse et s'écroule à ses pieds, le bras gauche étrangement plié, les doigts crispés sur un rectangle de carton qui échoue dans la main qui voulait le soutenir.

Olivier le regarde et relève la tête. Une silhouette maigre se tient derrière le corps affaissé, quelques détails se gravent en lui : le revers en laine noire d'un bonnet commando, des lèvres serrées, deux sourcils en épis de blé. Les yeux. Tee-shirt blanc et blouson d'aviateur gris. Environ trente ans. Différent des autres. Le type recule dans la mêlée. S'y fond. Olivier l'observe. Découvre le bras raide prolongé d'une lame de sang, et le poignard qui disparaît soudain dans une manche. Et puis plus rien que des poitrines, des bras qui moulinent... Et, décalé, le visage de cire de sa voisine qui fixe une trouée dans la foule comme si elle abritait un fauve.

Une poignée de spectateurs est repoussée dans sa rangée, Olivier se déporte de plusieurs mètres. La panique se propage, alimentée par les hooligans dont le nombre semble grossir en même temps que s'affirme leur fureur. La peur se répand. Olivier frappe un peu au hasard un crâne rasé qui fonce sur lui, se dégage d'une bourrade et intègre le flux des spectateurs affolés qui l'aspire vers les sorties. Bousculé, déséquilibré, il prend pied à l'étage et se rue vers les escaliers de béton, croisant une file de CRS casqués, accompagnés de stadiers à la mine sombre.

La suite n'est qu'une fuite. S'éloigner de l'horreur au plus vite. Courir loin de la meute. Avant que les mâchoires du Parc ne se referment une nouvelle fois.

Froissé au creux de sa main, sa main qui ne l'a pas lâché, Olivier retrouve le rectangle de carton transmis par la victime du coup de couteau. Image brutale d'un bâton de relais. Il le déplie mécaniquement. C'est une carte à jouer. Une simple carte à jouer.

Un as de pique.

4

ASSIS EN CALEÇON devant la table en formica de sa cuisine, Olivier, échevelé, les yeux gonflés par une nuit hachée, respire son bol de café fumant. Une buée uniforme brouille les toits qu'on devine derrière le carreau de la fenêtre. Le chauffage électrique est poussé à fond mais le carrelage reste froid sous ses pieds nus.

Il s'est réveillé avec un visage devant les yeux. Un regard, plutôt, braqué sur lui, comme imprimant ses traits, les enregistrant pour mémoire. Le reste est assez vague. De minces sourcils tirant sur le blond, un long visage étroit coiffé d'une cagoule. Il revoit l'éclair rouge du poignard, la cohue, sent encore contre sa poitrine le poids du corps qui s'écroule, se rappelle son mouvement de recul, de surprise, la sensation de dégoût. La victime est tombée face contre la rangée de sièges, tendue en arc sur sa blessure. Lequel des deux a poussé le premier cri ? Lui-même, peut-être, il ne s'en souvient plus.

Il avale une gorgée de café déjà tiède. Se décide à

regagner le salon pour allumer la télévision. Le « Six minutes » sur M6. Qui ouvre sur l'incident de la veille au Parc des Princes.

Les premières images lui arrachent presque un gémissement. Capté par les caméras de surveillance du stade, un plan confus des tribunes cadre une foule dense, levée au moment du premier but marqué par Paris, détail que n'avait même pas relevé Olivier. Les bras en l'air, les danses sur place, les embrassades... Puis cette rupture infime dans l'allégresse, et qui n'évoque au premier abord qu'une bousculade. Le corps qui s'effondre, cerclé de noir sur l'écran pour qu'aucun téléspectateur ne rate la scène, et lui, LUI, qui le reçoit dans ses bras. La cagoule noire est là aussi, le tueur tourne le dos à l'objectif, se fraye un chemin dans la foule, vers la sortie toute proche.

Olivier se frotte le visage des deux mains, comme pour s'effacer de l'écran. Du calme ! On ne peut pas le reconnaître à cette distance, trop de monde, trop de mouvement...

« Le meurtrier se trouve sur ces images, mais la police aura bien du mal à identifier les personnes présentes autour de la victime. Âgé de 25 ans et membre d'un groupuscule inconnu de supporters ultras du Paris-Saint-Germain, Fabien D. n'était pas répertorié par les services de police comme élément actif des hooligans du Parc des Princes. Si de fréquentes bagarres opposent d'ordinaire certains groupes de supporters rivaux, jamais on n'avait relevé d'acte aussi grave que celui dont le stade a hier soir été le théâtre.

D'après les premières conclusions de l'enquête, aucun supporter de Nancy ne serait impliqué dans ce drame. À l'étranger, les conséquences de la rupture des pourparlers entre... »

Olivier saute sur sa télécommande et zappe sur les autres chaînes pour capter un supplément d'informations, en vain. Il devra patienter. C'est trop demander.

Sur la table basse, l'as de pique transmis par le mort lui jette un œil noir.

Il attrape un pantalon, chausse des baskets et enfile son pull. En sortant de son appartement, il manque se heurter à son voisin d'en face, qui glisse ses clés dans la poche de son manteau.

« Hé quoi, Olivier ? lui dit-il. Tu as trouvé des mygales dans tes chaussettes ?

– Non, non, monsieur Félix, répond-il, c'est juste que je n'ai plus de pain. Et puis je dois acheter le journal.

– Bonne idée, mon garçon ! Tu ne pourrais pas me ramener le mien ? Ça m'éviterait de descendre.

– Bien sûr. *Le Parisien ?*

– Et *L'Équipe !* Y'a un critérium qui s'achève en Belgique, et j'aimerais savoir ce qu'ont fait nos cadors. »

Félix Roche compte soixante-quinze ans au compteur, et ses jambes, endurcies par quarante saisons de cyclisme amateur, ne pédalent plus que dans la choucroute. Un an auparavant, voyant déboucher de l'escalier un frigo chaussé d'une paire de baskets, il avait proposé à Olivier de l'aider dans son déménagement.

Celui-ci avait accepté qu'ils se partagent les tâches. À lui les cartons, à Félix les sandwichs réparateurs. Ils avaient lié connaissance à midi, dans l'antre du vieux, devant des mixtes mayonnaise et un verre de bordeaux. Depuis, Olivier lui rend de menus services, à l'occasion.

Olivier dévale les trois étages de l'immeuble, rallie au pas de charge le kiosque au coin de la rue et fait main basse, pour lui-même, sur les cinq quotidiens qui annoncent le meurtre du Parc en première page. Revenu chez lui, les deux journaux supplémentaires déposés sur le paillasson de Félix, il s'empresse de décortiquer les articles qui relatent l'affaire.

Pas grand-chose de plus qu'aux infos de M6. Mais, pour son malheur, pas grand-chose de moins. Il est présent sur presque tous les clichés, tirés pour la plupart du film vidéo déjà visionné, à l'exception de ceux de *L'Équipe* dont le photographe, attiré par les premiers cris, a réussi à shooter la scène sous un autre angle. Le corps de la victime le dissimule en partie à l'objectif. Heureusement.

Olivier relève la tête.

Pourquoi, heureusement ?

Qu'a-t-il à se reprocher de plus que les trente mille spectateurs présents ce soir-là ? Et puis d'ailleurs, quel motif aurait-il eu de planter ce type ? Il n'assiste à aucun match, ne fait évidemment partie d'aucun club de supporters, il se contrefiche de Paris, de Nancy et de toutes les équipes, de la première division à la division d'honneur. Les journaux parlent de rivalité entre gangs d'ultras. De querelles lavées dans le sang. De combats pour l'honneur. Pour l'horreur.

Il frappe du plat de la main le journal étalé devant lui. Voilà qu'il se prépare déjà une défense ! Comme si on pouvait l'accuser. Ridicule ! Il suffit de ne plus penser à toute cette hist...

Le tueur. Il a vu le tueur.

Il doit rendre visite à la police, témoigner. Prendre le risque qu'on le cuisine, qu'on le confronte aux images vidéo. Il est de son devoir d'aller au devant des ennuis. Merci, Kamel.

Demain. Demain, il y verra plus clair.

5

SON SAC SUR L'ÉPAULE, Olivier longe le cimetière de Billancourt en remontant la route de la Reine vers la porte de Saint-Cloud, où se trouve sa salle de sport. Cours pour confirmés, ce soir. Travail sur l'esquive, suivi de quelques rounds. C'est un chouette groupe qu'il entraîne, des durs au mal animés d'un bon esprit. Certains veulent tâter de la compétition. Il a promis d'organiser une séance supplémentaire pour les mordus du travail au casque.

Demain matin, il se rendra au commissariat du seizième, sa décision est prise. Il a déjà trop traîné. Sur cette hésitation, qui ne peut que renforcer la suspicion il devra sans doute aussi s'expliquer.

Il emprunte la rue Thiers, puis tourne bientôt à gauche. Quelques minutes plus tard, il n'est plus qu'à une centaine de mètres de chez lui.

Il ralentit l'allure.

Les feux rouges d'un véhicule mal garé brillent dans la pénombre. Deux silhouettes à bord. En soi, rien d'inquiétant, s'il n'y en avait une troisième postée devant son entrée, les bras croisés, semblant surveiller les abords du périmètre.

Olivier se baisse au moment où ce dernier tourne la tête dans sa direction. Réflexe. Le mouvement est si brusque que son sac chute au sol. Puis il progresse accroupi sur une portion du trottoir, à l'abri derrière la file de voitures garées.

Au bout de trente secondes, il voit soudain s'éclairer l'habitacle d'un second véhicule arrêté plus haut de son côté et il se fige. Deux passagers. La veilleuse s'éteint.

Mauvaise impression. Très mauvaise. L'impression que ces gens sont là pour lui. Qu'ils l'attendent. Pourtant, il n'y a aucune raison. C'est même complètement absurde. Mais c'est lui qu'ils guettent, aucun doute là-dessus.

Des flics ? Impossible. On pourrait vouloir l'interroger comme témoin, mais on aurait mobilisé trop de monde sur place pour une telle opération. Alors qui ?

Plaqué aux carrosseries, Olivier avance encore. Lentement. L'œil braqué sur le rétroviseur extérieur de la seconde voiture, pour le cas où l'homme installé au volant aurait la mauvaise idée d'y jeter un regard. Un détail attire alors son attention et fournit une réponse à sa question : un autocollant fixé sur la vitre arrière, représentant la gueule d'un dogue aux canines acérées. Deux lettres ont été ajoutées au marqueur : K.C.

Olivier recule, un pas après l'autre, sans se redresser, toujours attentif aux réactions éventuelles des guetteurs. Lorsqu'il se juge à distance suffisante, c'est-à-dire revenu à l'angle de la rue Thiers, il passe le coin et se met à courir. Il lui faut un refuge.

Les lames du parquet se déchaussent comme de vieilles dents. La salle immense renferme un silence inhabituel. D'habitude, elle s'anime des coups sourds assenés sur les sacs, des glissades des chaussures sur le sol, des courtes consignes données aux élèves à bout de souffle. Où aller, sinon dans cette salle où Olivier a remisé une partie de son existence ? Il possède les clés, il y a des douches, une cafetière. Boxing Club de Boulogne. Le BCB.

Olivier déroule plusieurs tapis de mousse bleue utilisés pour les séances d'abdominaux et les empile au centre du ring tendu de cordes. Il s'allonge et croise les mains derrière sa nuque.

Le plafond est traversé par une rangée de néons couverts de crasse. Trop hauts pour être nettoyés.

Réfléchir calmement.

Pourquoi les hooligans seraient-ils venus le traquer jusque chez lui ? Une vengeance ? Mais le meurtre a été commis par l'un d'entre eux ! Personne ne le connaît, dans ce milieu qu'on dit très fermé. Par quel maudit miracle ont-ils pu remonter sa piste en si peu de temps ?

Cette histoire n'a aucun sens. Ni le meurtre lui-même, ni l'incroyable violence qui s'est déchaînée dans les tribunes. Sur un ring, la violence existe. Il faut abattre son adversaire, lui porter des coups qui font mal, viser la tête. Mais les règles sont là pour codifier la danse, le combat oppose les gens mais l'esprit du sport pratiqué les réunit.

Quel esprit réunit les brutes qu'il a vues à l'œuvre, la veille au Parc ? Que veulent-ils détruire dans ceux qu'ils frappent ?

Il se lève et rejoint l'interrupteur général. D'une pression, il éteint la salle. Seule la lumière oblique, terne et jaunâtre en provenance de la cour intérieure qui permet d'accéder à la salle empêche la nuit d'envahir les lieux. Olivier se traîne jusqu'au ring et goûte à nouveau à l'inconfort des fins matelas.

Dans cette position, les bras ballants le long du corps, son univers carré ligoté dans un réseau de cordes, il ressent l'impression qu'il a tant de fois cherché à fuir, celle d'être K.-O. Étendu pour le compte.

Sauf que s'y ajoute la rage de n'avoir même pas combattu.

6

Olivier avale une dernière gorgée de café et observe, à travers la vitre du bar, la porte du commissariat, situé de l'autre côté de la rue. Le genre d'endroit où personne n'aime se rendre. La démarche qu'il va entreprendre lui donne des aigreurs d'estomac, il se prépare des lendemains difficiles. Mais sa situation, en dehors, n'est plus tenable.

Va-t-il parler des hooligans qui le pistent ? Peut-être. Pas sûr. Il est tenté par un service minimum pour écourter sa visite, le récit du meurtre, la description sommaire du tueur, puis deux ou trois réponses évasives aux questions prévisibles. Sa bonne foi est telle qu'elle ne pourra que le laver d'éventuels soupçons.

Auto-persuasion. Il se lève sans entrain. C'est juste un moment désagréable à passer.

« Vous allez où, jeune homme ?

– Je vous demande pardon ? »

Un inconnu qui s'est avancé depuis une table à sa droite lui bloque le passage. Plus grand que lui d'une demi-tête, moustache fournie, lunettes carrées passées de mode depuis l'invention de la myopie, il porte un costume de confection industrielle sur une chemise qui a au moins deux jours et dont le dernier bouton est dégrafé. La cravate tombe sur sa poitrine comme un collet de braconnier. Un braconnier qui aurait fait une grosse prise. Le regard, inquisiteur, est filtré par des paupières tombantes.

« Je vous demande où vous allez, répète l'inconnu, imperturbable.

– En quoi ça vous regarde ?

– Au commissariat ? »

Olivier fronce les sourcils et se redresse, bien décidé à contourner l'obstacle. Une carte tricolore apparaît sous son nez, brandie par son vis-à-vis.

« Pas la peine de vous déplacer, le commissariat vient à vous. Asseyez-vous ! »

Pour appuyer cet ordre, l'homme, tout en rangeant sa carte dans la poche intérieure de sa veste, s'installe à la table qu'Olivier vient de quitter. Décontenancé, celui-ci s'exécute.

« À qui ai-je l'honneur ? demande-t-il d'une voix mal assurée.

– Capitaine Trakl, répond l'autre, et vous, vous êtes Olivier Flamel, vingt ans, demeurant 55, rue du Chemin-Vert à Boulogne. Vous assistiez il y a deux jours à une rencontre de foot au Parc des Princes et vous avez été témoin d'un meurtre. Enfin, témoin... »

Olivier pâlit et ne répond rien. Quelque chose lui souffle de laisser le policier venir. Mais rien ne vient. Placide, le capitaine, d'un claquement de doigts, indique au serveur derrière le bar qu'un panaché est demandé à sa table, en express.

Olivier se décide :

« Vous semblez bien renseigné sur mon compte.

– C'est mon métier. »

Réplique lâchée avec un sourire dénué d'arrogance, mais où perce une confiance en soi inébranlable.

« Êtes-vous conscient des risques que vous prenez en traversant cette rue ? reprend-il en avançant son buste vers son interlocuteur. Pour la police, vous allez être le suspect idéal, vous savez, et des suspects, dans cette affaire sordide, elle n'en a pas des cargaisons !

– Suspect de quoi ?

– Un pauvre type bien vivant s'avance vers vous au Parc des Princes, et quand vous vous en écartez, il est mort. Troublant, non ?

– Je ne comprends rien à ce que vous me racontez.

– Vous êtes vraiment très photogénique, à moins qu'on ne dise vidéogénique ? J'ai vu les bandes du circuit interne qui ont enregistré l'incident au stade. Vous y tenez le rôle principal. »

La jambe d'Olivier s'agite nerveusement sous la table. Que lui arrive-t-il encore ?

« Vous confondez avec un autre, dit-il brusquement.

– Si c'est le cas, qu'aviez-vous l'intention de raconter au commissariat avant que je vous intercepte ? Qu'on a fracturé la porte de votre cave ?

– Mais qui vous dit que...

– Écoutez-moi ! le coupe le capitaine sur un ton sans appel. J'ai une proposition à vous faire. »

Olivier se carre dans son siège et inspire à fond. Il pointe son index vers le capitaine.

« Pour qui travaillez-vous ? Vous parlez de la police comme si vous n'y apparteniez pas. Pourtant, la carte que vous m'avez montrée...

— Renseignements généraux. »

Décidément, Trakl aime couper la parole. Symptôme d'un homme pressé.

« Je travaille à la section "Violences urbaines", spécialisée dans le traitement du phénomène hooligan, poursuit-il. Je ne suis pas un flic comme les autres. Je suis rattaché au ministère de l'Intérieur pour des opérations de renseignement.

— C'est-à-dire ?

— C'est-à-dire que je ne peux pas vous arrêter... »

Olivier se détend imperceptiblement. Du pouce, l'autre désigne le commissariat.

« ... Mais ceux d'en face, sur la base de renseignements que JE leur fournirais, et sous le contrôle d'un juge, pourraient s'offrir le plaisir de le faire à ma place. Vous comprenez la nuance ? »

Olivier détourne son regard. Serait-il moins en sécurité là-bas qu'assis à cette place, devant un homme qui donne l'impression de l'avoir déjà disséqué comme une grenouille dans un laboratoire ?

« Je ne vous suis pas, parvient-il à articuler d'un ton las.

— Nous allons examiner les intérêts de chacun, reprend le capitaine. Le vôtre est de vous disculper d'une grave accusation. Le mien est de réunir un maximum d'informations sur ces groupes autonomes qui répandent la terreur dans les stades et qui en viennent maintenant à commettre des meurtres de sang froid. Je peux vous aider... Et vous pouvez m'aider. »

Le capitaine croise les bras haut sur la poitrine et étudie l'effet de sa tirade sur le jeune homme figé en face de lui. Il savoure l'instant. C'est la sucrerie du métier, un moment pareil ! Quand on ferre le poisson, qu'il frétille et se débat, et qu'on tricote, rien qu'avec des phrases, un filet aux mailles bien serrées au travers duquel il ne pourra jamais passer. Évidemment, il est capital qu'il frétille !

« Vous savez parfaitement que je ne suis pour rien dans cet assassinat, n'est-ce pas ? »

Bien, il frétille.

Le capitaine décroise les bras et trempe sa moustache dans le bock de panaché. Le temps de choisir ses mots.

« L'enquête l'établira.

– À quoi vous jouez ? s'énerve brusquement Olivier.

– Ce qui compte, ce n'est pas ce que je pense, mais ce que je déclare ; ce que je mets dans les petites notes qui sont transmises chaque jour à mes supé rieurs... »

Les lèvres d'Olivier se mettent à trembler.

« Alors, que comptez-vous mettre dans vos foutues petites notes ?

– Ça va dépendre de vous.

– Alors j'écoute... »

Le capitaine hoche la tête ; il prend acte avec satisfaction des premiers signes de capitulation de son petit poisson.

« D'abord, quelques repères. La violence a toujours été présente aux abords des stades de football mais je vous passe l'historique, nous ne sommes pas à la fac. Sachez que ce mouvement, originaire de Grande-Bretagne où il a acquis ses lettres de noblesse, a fait des émules sur le continent. L'Italie, l'Allemagne, les Pays-Bas, la Belgique et, dans une moindre mesure, d'autres pays comme l'Espagne ou la Pologne, ne comptent plus les incidents, souvent d'une extrême violence, qui marquent les rencontres interclubs. La France n'échappe pas à cette contamination. Prenant modèle à l'extérieur de nos frontières sur ce que nos voisins avaient pu inventer de pire, certaines équipes comme Marseille ou le Paris-Saint-Germain ont vu se développer au sein de leurs groupes de supporters des éléments incontrôlés. Le foot n'est pour eux qu'un alibi. Ils ne se castagnent plus pour défendre l'honneur de leur équipe mais pour le plaisir de foutre la merde. Les choses ont évolué lentement. Chez leurs aînés, les affrontements n'étaient qu'une façon de déplacer le match dans les tribunes. Puis, devant la publicité qu'on a réservée à leurs exploits, certains hooligans, des laissés-pour-compte en général, crachés par le système comme de vulgaires noyaux, ont vu dans cette voie la possibilité de se fabriquer une carrière et une identité. D'où la naissance de troupes de choc attachées aux équipes anglaises et rivalisant d'ingéniosité pour décrocher le pompon au hit-parade des violences urbaines. C'est là que la police a décidé de réagir.

– Excusez-moi, l'interrompt Olivier, mais je ne vois toujours pas ce que je viens faire dans...

– Un peu de patience, vous allez comprendre. Des unités spécialisées se sont créées dans les pays les plus touchés par le phénomène, le National Football Intelligence Unit en Angleterre, par exemple, ou encore la cellule que je dirige. Leur objectif, observer l'évolution du hooliganisme et offrir aux forces de police les moyens de le contenir. Leur moyen, l'infiltration. »

Le capitaine se ressource au verre de panaché avant de reprendre le fil de sa démonstration.

« Mais le hooliganisme a encore changé de nature, très récemment. D'autres individus ont pénétré le mouvement, des gens bien intégrés dans la société, des gens aisés, instruits, éloignés par leur apparence des troupeaux de skinheads au QI de pékinois qui nous facilitaient la tâche par leur extrême visibilité. Les nouveaux maîtres du jeu, d'une violence que vous n'imaginez pas, ont une autre carrure, et ne se laissent pas approcher facilement. D'ailleurs, ils ne participent que rarement aux affrontements. Ils se contentent de les organiser. Et ils le font très bien. Oubliez les barriques anglaises suant la Guiness et vautrées sur leurs drapeaux dans le sillage de leur équipe nationale. Ceux-là, on sait les contenir. Mais les nouveaux patrons... »

Olivier baisse la tête et ne fait rien pour cacher son

impatience. Le capitaine Trakl pose ses avant-bras sur la table et se rapproche de son interlocuteur en souriant.

« C'est là que vous intervenez, mon cher Olivier. »

Olivier, les yeux agrandis par la surprise, dévisage Trakl comme s'il venait de lui annoncer qu'il l'inscrivait au concours de Miss Tee-shirt mouillé de La Grande-Motte. Malgré lui, il répond au sourire du policier. C'est une blague !

« À Paris, nous savons qu'un tel groupe existe, qui pose les bases d'une manipulation des groupes ultras déjà recensés. D'autre part, des échos nous sont parvenus de la mise sur pied d'une internationale des hooligans. Vous allez vous arranger pour qu'on en sache un peu plus. »

Olivier, à cette dernière phrase, éclate franchement de rire.

« Moi ? s'exclame-t-il. Ah, quelle idée géniale ! Je n'y connais strictement rien en foot, et...

– Justement. Vous êtes la personne idéale. S'y connaître en foot, comme vous dites, ce n'est pas le plus difficile. Avec quelques fiches établies par nos experts, vous serez capable en peu de temps d'en remontrer à n'importe lequel de ces fanatiques, dont le niveau d'érudition est bien inférieur à celui d'un vrai supporter, celui qui s'intéresse au jeu. Et, surtout, personne ne vous connaît dans ce milieu.

– À quoi servent les membres de votre équipe ?

– Nous avons déjà effectué des missions d'infiltration. Mais les gens dont il est question aujourd'hui repèrent les flics à trois kilomètres. Ce serait faire prendre à mes hommes trop de risques.

– Comment ça ? s'insurge Olivier. Vous voulez dire que ces risques, moi je peux les prendre ?

– Pas du tout, réplique Trakl d'une voix qui se veut rassurante, vous n'êtes pas flic, que je sache ! Vous ne risquez rien tant que vous me tenez au courant du moindre événement observé, et que vous respectez scrupuleusement les consignes que je vous transmettrai.

– C'est de la folie ! » souffle Olivier en secouant la tête longuement.

Le capitaine Trakl réfléchit. Le jeune hésite. Il tourne, effarouché, dans son filet, croit toujours qu'il pourra se glisser entre cette maille qui semble lâche, ou cette autre dont l'ouverture lui semble suffisante.

« Vous avez eu de la visite, hier soir, non ?

– C'est vrai. »

À chaque nouvel élément révélé par le capitaine, Olivier sent ses forces l'abandonner. Comment peut-on être aussi transparent ? Tout à l'heure, le flic va lui sortir ses bulletins d'école primaire et la radio de ses premières dents.

« En effet. Vous savez qui sont ces types et ce qu'ils me veulent, je suppose ?

– Oui. Les membres d'un groupe baptisé kop Commando. Ils évoluent en marge des groupes de supporters officiels. Ils sont persuadés qu'un club rival compte dans leurs rangs celui qui a planté Fabien D., un des leurs, au cours de la mauvaise bagarre de l'autre soir. Vous. Ils veulent vous faire la peau...

– Comment ont-ils obtenu mon adresse ?

– Je l'ignore.

– Vous ne savez donc pas tout ? le raille Olivier. Et si je suis soupçonné de ce meurtre par la police, pourquoi n'est-elle pas venue m'interroger ? Des brutes se procurent en vingt-quatre heures une adresse que les fins limiers de la police s'épuisent en vain à rechercher ? Expliquez-moi donc ce mystère ! »

Le capitaine le regarde droit dans les yeux.

« Qui vous dit que la police vous recherche ? »

Olivier ferme les yeux. Tout cela le dépasse. Le seul point commun à toutes ces agitations, c'est lui. Il est au milieu d'une cible que visent, pour des raisons diverses, des gens qu'il ne connaît pas. L'absurdité du moment qu'il traverse est totale. Le capitaine pousse un autre pion.

« La police enquête dans la direction que je lui montre. Pour l'instant, elle regarde ailleurs. Mais je n'ai qu'un mot à dire pour que le nombre de véhicules qui vous guettent au bas de chez vous soit tel qu'il vous faudra y installer un parking. Et ce mot, je n'hésiterai pas à le prononcer si vous refusez ma proposition. Ce sera ensuite à vous de vous débrouiller avec la justice.

– C'est à vomir !

– Je n'ai pas le choix. Il se trame une opération d'envergure chez les hooligans et le temps me manque pour organiser froidement une riposte. Votre histoire me donne l'occasion de brûler les étapes. Mais, rassurez-vous, je ne vous jetterai pas dans la fosse aux lions sans munitions. Le service offre des facilités à ceux qui acceptent de collaborer. Et je n'utiliserai pas vos talents indéfiniment. Dès qu'il me sera possible d'engager des poursuites contre ceux qui tirent les ficelles, je vous rendrai à votre vie boulonnaise. Et je puis vous assurer que vous n'aurez plus rien à craindre de la police pour cette malheureuse histoire au Parc. D'ailleurs, avec un peu de chance, vous tomberez sur celui qui a fait le coup... Parce que vous l'avez vu, n'est-ce pas ?

— Oui, lâche Olivier d'une voix éteinte.

— Bien. Vous avez tout à gagner en collaborant. Vous marchez ? »

Olivier étouffe. Il voudrait quitter ce bar, retrouver le calme de son appartement, remettre à Félix son paquet hebdomadaire d'Amsterdamer, s'abrutir devant la télé.

Son appartement est en quarantaine. Des spécialistes du manche de pioche sont sur ses traces. La télé diffuse son image avec un cadavre dans les bras. Et il est en face d'un capitaine des Renseignements généraux qui le broiera sans aucun état d'âme.

Il se lève en repoussant sa chaise.

« Est-ce que j'ai le choix ? gronde-t-il, les mâchoires serrées.

— Je suis content que vous acceptiez », réplique Trakl avec un large sourire.

7

L'ENSEIGNE DE L'HÔTEL BOLOGNE clignote place Jules-Guesde. Au troisième étage, le visage d'Olivier, qui se tient immobile, le front appuyé contre la vitre, s'éclaire par intermittences. Une dizaine de Nord-Africains discutent autour d'un banc, près de l'entrée des usines Renault en instance de démantèlement. Une sourde mélancolie baigne la scène.

Olivier interrompt sa rêverie et balaye la chambre d'un regard morne. Ce n'est pas le Crillon, loin s'en faut. Trente euros la nuit, petit déjeuner compris. Un dessus de lit à motifs géométriques orange. Deux appliques en faux bois de part et d'autre du chevet. Une armoire déguisée en cube, à moins que ce ne soit l'inverse. La salle de bains attenante est d'une propreté irréprochable, avec son verre plastique sous Cellophane, sa savonnette pour poupée et même la pochette de shampooing qui pue. Trois serviettes en coton croisé de carton complètent l'équipement. Voilà son nouveau foyer pour une durée indéterminée.

Dans le répertoire de son agenda, la veille, il a ajouté une ligne au nom de Pierre Flamel, oncle qui n'existe pas, avec un numéro de portable, celui du capitaine Trakl. Cordon ombilical radio. Le seul numéro dont il aura besoin tant que durera son infiltration.

À chaque évocation de sa mission, Olivier sourit. Sa vie a basculé en quelques heures, il ne la reconnaît pas. Il n'y a pas un centimètre carré de peau sur son bras qu'il n'a pas pincé. Inutile d'insister, il ne se réveillera plus.

L'hôtel était déjà réservé lorsqu'il s'y est présenté sur les recommandations de Trakl. Le flic n'a jamais douté, il savait qu'il céderait.

Jetés sur le lit, ses nouveaux papiers. Un nouveau nom sur le permis de conduire, Olivier Garchine. On garde le prénom pour faciliter l'adaptation. À côté, une épaisse chemise bourrée de documents à potasser. Tout sur le foot, les équipes, les compétitions, les résultats, les joueurs. Il faudra se montrer crédible auprès de ses futurs copains. Et une somme d'articles consacrés aux exploits des hooligans européens, histoire de se familiariser avec l'univers dans lequel il doit pénétrer.

Il y a déjà jeté un coup d'œil, et récolté un début de nausée. Même en tenant compte de la capacité à exagérer des journalistes, les virées décrites dépassent son entendement. Troupeaux d'Anglais dévastant des trains entiers, quartiers ravagés par leurs homologues bataves, hystéries nazillonnes d'ultras italiens, ce ne sont que récits épiques débordant de violence et de défonces variées. Les morts défilent comme des scores, le Heysel, Sheffield… Pour la beauté défigurée du sport. Ces articles réveillent en lui l'écho de ces tragédies vite englouties, remplacées.

Il pense à son appartement. Le capitaine lui a interdit d'y remettre les pieds jusqu'à nouvel ordre. Qu'il reste en bonne santé lui importe peu, mais une descente des permanents du kop Commando ruinerait son beau plan. Leurs intérêts sont liés.

Il y a un détail qu'il n'a pas encore réglé. Olivier s'approche du téléphone. Griffonné en bas d'une page de son agenda, il retrouve le numéro de Kamel à l'hôpital. Il le compose. Ligne directe. Son ami décroche.

Les nouvelles du grand blessé sont bonnes. La période d'observation tire à sa fin, il va pouvoir retourner à l'épicerie paternelle, mais il fera l'économie des livraisons matinales grâce à son plâtre. Et ce match ?

Les mots ont du mal à franchir sa gorge. Mais Olivier bâcle quelques commentaires convenus qui font illusion. Kamel rebondit. Il a vu les images à la télé. Tu ne devais pas être loin du type qu'on a piqué, j'ai reconnu mon coin de tribune. Et dire que j'aurais pu être là sans ce 4 x 4 de la mort !

Olivier respire. Kamel ne l'a pas identifié sur la vidéo. Alors, comment ont procédé les autres ?

« Dis-moi, Kamel, à propos de cet incident, personne ne t'aurait interrogé à mon sujet, par hasard ?

– Si ! répond la voix au bout du fil, enfin, pas directement... Un flic m'a appelé à l'hôpital, il connaissait l'emplacement de mon siège d'abonné, qui était dans le secteur du rififi. Je lui ai expliqué que je pouvais pas être en même temps dans les tribunes et dans mon plâtre, il a répondu qu'il était d'accord. Je lui ai dit que j'avais refilé ma place à un pote, et donné ton adresse dans la foulée. Pour l'enquête, ils devaient interroger tout le monde. Ils t'ont rendu visite ?

– Oui, répond Olivier. Des questions de routine.

– Y'a pas de lézard, au moins ? J'ai pas déconné ?

– Non, ne te fais pas de bile. »

La conversation s'étire encore quelques minutes avant qu'Olivier, prétextant un entraînement, y mette un terme. Non sans prévenir son ami qu'il comptait s'absenter de Boulogne quelques semaines afin de suivre un stage d'informatique près de chez ses parents, à Orléans. À son retour, il passera le voir, promis.

Le combiné reposé, Olivier s'allonge sur son lit. Voilà une partie de l'explication. Les hooligans ont exploité les données recueillies sur les abonnés du Parc pour remonter jusqu'à lui. Il leur aura suffi de se faire passer pour des flics et de baratiner Kamel. Car il est exclu que de vrais flics aient passé ce coup de fil, le capitaine Trakl assure les avoir mis sur une voie de garage. De quelles complicités ont-ils bénéficié pour être aussi efficaces ? Une question qui revient à se demander de qui il faudra se méfier… Ont-ils des antennes dans l'entreprise dont Trakl l'a informé qu'elle assurait en sous-traitance la sécurité interne du Parc ? De quelles troupes disposent-ils ? Leur logique semble quasi policière. Olivier pense à une meute de loups.

Et lui, tout seul !

Il a déjà envie de tout plaquer.

8

Le Virage est un bistrot enchâssé dans la rue de Paris, en pleine ligne droite. L'étroit auvent qui en coiffe la devanture a connu des milliers d'averses grasses et bu des gaz d'échappement jusqu'à plus soif, mais personne n'a jamais eu l'idée de le lessiver. Il laisse pendouiller sur le trottoir une frise par endroits déchirée.

L'intérieur ressemble à un poumon de grand fumeur loué par des ivrognes. Les piliers de comptoir avalent à la chaîne de tristes kirs en laissant flotter des regards déchus sur l'alignement monotone des bouteilles d'apéritif. La glace installée derrière le comptoir reflète une galerie d'habitués qui racontent à leur verre les ivresses qui ne conduisent plus nulle part.

La salle ne permet de caser que quatre tables carrées rarement occupées. La tabagie intense, l'atmosphère déprimée qui y règnent rebutent les habitants du quartier, plutôt chic, qui préfèrent à cette reproduction d'un pub miteux de l'île aux Chiens les brasseries clinquantes du voisinage. Ceux que les brasseries clinquantes mettent mal à l'aise les remplacent. Jusqu'à une certaine heure...

Olivier pousse la porte vitrée et s'avance vers le comptoir. Le patron, Thomas, lui tend une main poilue qu'il serre selon l'usage.

« Tout baigne ? »

Olivier répond d'un clin d'œil et lance :

« Les copains sont là ?

– La plupart, oui. »

Olivier slalome entre plusieurs tabourets, passe le coude qui mène aux toilettes et débouche sur l'arrière-salle.

Le Virage est un établissement à double détente ; un premier sas filtre les mazoutés du désespoir ordinaire, un autre, qu'on n'aperçoit pas du premier, sert de réservoir aux fauteurs de haine. Le bistrot offre une base de repli aux ultras les plus excités du PSG depuis qu'il a été repris par Thomas Ponzini, un ancien meneur skinhead du kop de Boulogne reconverti dans la limonade. Après son installation, ses frères d'armes ont adopté en masse les lieux où ils se réunissent quotidiennement, dans la salle qui leur est, de fait, réservée. La clientèle est instable, la fréquentation parfois irrégulière, sauf pour un noyau dur qui y a ses habitudes.

L'adresse figurait en tête de la liste des lieux à fréquenter communiquée par le capitaine Trakl à l'issue de leur dernier briefing opérationnel. Olivier, la peur au ventre, y a fait ses premiers pas de supporter un mois auparavant. Des premiers pas prudents. Un verre au comptoir, quelques mots échangés avec les arrivants avant qu'ils ne rejoignent leur tanière, puis deux-trois slogans pro-Paris lâchés tout près des bonnes oreilles lui ont permis, en trois ou quatre soirées, de pénétrer les quartiers réservés.

Très vite, il a intégré un petit groupe d'agités qui le reconnaissent comme leur pair. Son histoire a fait le tour de la pièce.

Olivier Garchine, manutentionnaire aux NMPP, supporter d'une équipe de division d'honneur dans la banlieue nord, vite repéré par les dirigeants du club pour ses violences répétées au cours des rencontres et jugé indésirable dans le stade.

Un fou de foot qui cherche une nouvelle famille. Les rabatteurs du Virage ont accueilli la nouvelle recrue à bras ouverts. Il fait même déjà partie d'un groupuscule baptisé Les Brigades rouge et bleu, installé dans un coin des tribunes rouges du kop. Il a quelques matchs à son actif, et deux bagarres avec les supporters de l'équipe visiteuse sur la ligne 9 du métro, celle qui mène au Parc. Des bagarres vécues comme des bizutages. Il a dû se soumettre à l'exercice sous le regard attentif de ses nouveaux amis. En face de lui, il a trouvé les répliques des Brigades ; la bouche de travers pour exprimer la férocité, les poings serrés comme des signatures. Des nerveux à la technique rudimentaire qu'il lui a été facile de repousser sans appuyer les coups. Surtout, il ne fallait pas paraître ce qu'il était, les puristes sont absents de ces bataillons brouillons. Il émargeait dans la piétaille des hooligans, le premier cercle, et son objectif était de se fondre dans la masse, pas de se distinguer.

Pourtant, au soir de la première confrontation, Olivier, rentré dans sa chambre d'hôtel, se souvient être resté une demi-heure au-dessus de la cuvette des WC. Malade à crever. Dégoût de soi, de la violence jubilatoire qui a plié les traits de ses compagnons d'échauffourée à l'approche du contact, dégoût des insultes échangées, de la gratuité de cette première expérience. À la seconde, il s'était déjà blindé. Les policiers n'étaient pas loin, l'échange a donc été bref, et il avait déjà compris comment éviter de se retrouver en première ligne tout en gagnant la confiance de ses copains à coup de gesticulations menaçantes et d'invectives bien ciblées. Il faut se montrer pour être vu, et il n'appartenait pas à l'élite, mais plutôt aux légions des cogneurs d'esbroufe.

Les durs, il en avait repéré quelques-uns au Virage. Les moins expansifs, les presque discrets, commandant comme les autres quelques bières mais pas au point d'y prendre un bain, peu loquaces sur leurs exploits. Jimmy, Bertrand ou encore Hocine, ses potes des Brigades, se chargeaient à leur place de raconter leurs hauts faits, comme pour grappiller au passage des miettes de gloire ; les attaques au couteau, à la barre de fer, les blessés laissés derrière eux comme des traînées sanglantes. Olivier ne posait pas de questions, les gens trop curieux éveillaient les soupçons dans ce milieu en vase clos, il laissait venir les infos, puis les transmettait à Trakl sans chercher à savoir ce que le capitaine en faisait. Le temps jouait pour lui, même si la partie était dangereuse.

Olivier file vers un coin de la pièce. Assis à l'écart, il croise le regard d'un habitué qui lui adresse un imperceptible salut de la tête.

Olivier le lui rend.

Un type étrange. Il reste seul. Nettement plus vieux que les autres, il est vêtu la plupart du temps d'une chemise de bûcheron et d'un jean noir. Celui-là intrigue Olivier. Quand la plupart des clients de l'arrière-salle semblent avoir opté pour une coiffure échine de teckel – y compris lui-même, qui a jugé préférable de s'offrir une coupe d'appelé du contingent avant de hurler son amour immodéré du PSG –, ce type, avec ses cheveux noirs tombant en boucles désordonnées sur son front, semble prendre un malin plaisir à ne ressembler à personne. À moins que l'opinion des autres n'ait pour lui pas plus de poids ni de valeur qu'une fiente de colibri. Olivier, spontanément, penche pour la seconde hypothèse. Sa présence permet de conclure qu'il trempe de près ou de loin dans les activités des hooligans. Pourtant, il ne se mêle pas aux conversations et semble jouir d'un statut à part dans l'assemblée. Interrogés, les membres des Brigades n'ont pu fournir aucune explication. Ils ne savent rien de lui, à part son nom, Carl. Ils ajoutent juste que Carl, c'est quelqu'un...

Sollicité par Bertrand, Olivier, selon le rite, se lance dans le commentaire de la dernière journée de championnat. Une récente expédition punitive au Havre alimente la discussion aux dépens des résultats purement sportifs.

La soirée se passe, semblable aux autres, à écluser des Heineken en s'échauffant les esprits. Olivier se retient de bâiller. Le hooligan moyen tourne en boucle. Son cerveau est une moitié de ballon rond relié aux poings par un réseau nerveux spasmodique. L'univers, du moins la partie qui ne concerne pas le foot, glisse sur ce ballon comme une semelle de cuir un soir de giboulée.

Les gars qu'il rencontre ont tous des boulots « pourris », obéissent à des « enfoirés » à qui ils rêvent de « casser la tête » en enrageant de ne pouvoir se le permettre. Lorsqu'arrive le grand soir du match, ils sont les rois du monde et ils prennent une revanche au son des tambours sur l'anonymat qui les détruit le reste du temps. Olivier a épongé la bile de Jimmy, et Hocine lui crache la sienne depuis un bon quart d'heure quand l'attention d'Olivier passe du pilotage automatique au manuel. Une phrase lui a échappé, mais elle sortait de l'ordinaire.

« ... m'étonnerait qu'on en soit, mais ce sera quelque chose, ça oui...

– Tu parlais de quoi ? » l'arrête Olivier.

Hocine a bu. Beaucoup. Les ordres qu'envoient son cerveau ont du jeu.

« Hein ? éructe-t-il pour s'offrir le temps d'un défilement arrière de sa bande son. Ah oui... Il se prépare un truc, mec. Chez les vrais. Un truc d'enfer. Du jamais vu !

– Quoi donc ? le relance Olivier sur un ton volontairement détaché.

– Personne ne sait vraiment. Les troupes de choc du kop sont en alerte, des éléments sont contactés. Pour l'Euro, je te parie. Une sorte de compétition, mais rien que pour nous...

– Je ne te suis pas. »

Hocine manque perdre l'équilibre en essayant de se lever.

« Je ne me suis pas non plus, mec. De toute façon, je ne t'ai rien dit. Et ce que je ne t'ai pas dit, tu le répètes à personne. C'est confi... ciel... »

Olivier a compris « confit dans le ciel », mais chez Hocine, qui n'est pas vraiment un poète, « confidentiel » sonne mieux. Il hausse les épaules et le regarde tanguer en direction des toilettes. Pas grand-chose à mettre sous la dent des Renseignements généraux, de toute façon. Hocine est familier de ces divagations. Il serait temps de se mettre en quête de personnalités d'une plus grande envergure.

Il consulte sa montre. Minuit. Il n'en saura pas plus ce soir, autant se replier dans le cocon de son hôtel douillet.

Il tourne la tête et constate le départ de Carl. Personne ne s'assoit sur la chaise qu'il a laissée vide. Olivier salue à la cantonade et débouche bientôt dans la rue de Paris et son silence réparateur. Il inspire une longue goulée d'air frais et se met en marche, en espérant croiser le moins de monde possible sur le trajet du retour. Après une soirée au Virage, il déteste le regard fuyant des passants, l'opprobre qu'il imagine inspirer.

Il a traversé la route de la Reine et emprunté l'avenue Victor-Hugo après avoir réprimé son premier mouvement, qui le conduisait vers la rue Thiers. L'idée de traverser un Boulogne assoupi lui plaît. Il a marché une minute sur le trottoir, quand il bute contre une Opel garée en travers du trottoir, sur une sortie de résidence. Immatriculée dans les Bouches-du-Rhône. Les codes sont restés allumés et la portière du conducteur est mal fermée.

Dans la résidence, derrière un bâtiment toutes fenêtres éteintes, il entend des éclats de voix. Plusieurs. Discrètement, il se risque à l'intérieur.

Quatre contre un. Les quatre forment un demi-cercle autour de leur gibier, planté au bord d'un carré de pelouse. Sous l'éclairage blanc d'un lampadaire, Olivier distingue la chaîne que tient l'un des agresseurs, son extrémité enroulée comme un serpent autour de l'avant-bras. La lame d'un couteau accroche un rayon de lune au poing d'un deuxième dont le crâne parfaitement chauve brille, laiteux. Comme pris dans la toile de leurs regards, la lumière jaune creusant des ombres fuyantes sur son visage, Carl, les mains plantées sur les hanches, sourit à son quatuor massacreur.

9

OLIVIER, qui ne peut le quitter des yeux, est sidéré par sa décontraction. Qu'il déguste une bière au Virage ou qu'il se trouve sous la menace de quatre terreurs dans un cul-de-sac, il ne se départit pas d'un calme effrayant. Pourtant, sa position n'est pas vraiment enviable.

« Cette fois-ci, tu ne t'en tireras pas, espèce d'enfoiré ! »

Le couteau a tracé dans l'air un rond d'acier en direction de Carl, comme pour découper à distance un morceau de sa tête. À l'accent du type, Olivier devine de quoi il retourne. Enfin, dans les grandes lignes... Des Marseillais. Sans doute une expédition punitive. Et bien ciblée. Qui donc est ce Carl pour que quatre ultras fassent un long déplacement pour lui planter une lame dans le ventre ?

« N'ayez pas peur, répond Carl comme s'il s'adressait à quatre chatons égarés dans la niche d'un rotweiler, j'essaierai de ne pas vous faire trop mal. »

Les deux qui ne sont pas armés se consultent du regard. Ce n'est pas la réaction à laquelle ils s'attendaient. Ils se déploient lentement. En face, Carl ébauche un mouvement latéral qu'Olivier apprécie en connaisseur ; il se décale pour éloigner de quelques pas les plus proches assaillants des deux autres. Un tango de mantes religieuses. Parfois, il les force même à reculer.

Olivier ne s'accorde pas le temps de la réflexion. Il démarre et fonce sans un mot vers le type au couteau en espérant bénéficier de l'effet de surprise. Profitant à l'instinct de la diversion, sans même se demander qui peut bien s'inviter à la fête, Carl bondit sur le premier Marseillais qui se présente. Olivier ne s'en occupe plus. Ses yeux sont déjà braqués sur la lame du couteau.

Attendre l'attaque.

Elle arrive, fulgurante, dans un bond souple du chauve. Olivier pare vers l'intérieur et plante simultanément sa main droite en crochet à la gorge en bloquant du bras gauche le coude de l'ultra. Sous le coup de tête qui suit, la lèvre du Marseillais explose. Olivier entend le son métallique produit par la chute du couteau. Il enchaîne avec un doublé au menton. L'autre s'affaisse en chiffon. Olivier, sous tension, est déjà prêt pour un second assaut. Mais, chez les trois-contre-un, les choses ont été encore plus expéditives. Il distingue deux corps prostrés à terre et Carl qui maintient par les cheveux le type à la chaîne, son poing armé pour une frappe terrible sur la tempe. Olivier rentre la tête dans ses épaules en prévision du choc. Mais, à sa grande surprise, Carl se contente d'une gifle magistrale qui transforme le rescapé de l'expédition marseillaise en toupie.

Celui-là repartira avec un essaim de guêpes accroché à la nuque.

Carl admire un instant le résultat puis il franchit d'un pas léger la distance qui le sépare de son auxiliaire volontaire. Le sourire ne s'est pas totalement effacé de ses lèvres quand il approche son visage de celui d'Olivier, tout près. Souriait-il en se battant ? Olivier ne recule pas.

« Et si c'était moi, le méchant dans l'histoire ? dit Carl lentement.

– À un contre quatre, tu aurais mal choisi ton moment pour t'attaquer aux gentils », répond Olivier sans se démonter.

Le sourire de Carl s'élargit.

« Tu as raison. »

Il se détourne, se penche pour ramasser le couteau et se dirige vers la rue.

« Merci », lâche-t-il enfin.

Olivier, après un ultime coup d'œil vers les corps gémissants abandonnés sur le champ de bataille, se décide à lui emboîter le pas. Il rejoint Carl au moment où celui-ci crève le quatrième pneu de l'Opel.

« Une vieille plaisanterie de scout... » dit-il pour commenter son geste.

Puis il laisse dans le caniveau le couteau reposer sur le bord du trottoir et brise la lame d'un coup de talon.

« On boit un verre ? » propose-t-il ensuite.

Olivier commence par tordre la bouche. Carl, comme s'il avait lu dans ses pensées, ajoute aussitôt :

« On n'est pas obligés de retourner au Virage...

– Alors d'accord.

– Je connais un endroit accueillant près de la porte de Saint-Cloud.

– C'est toi qui invites, je te suis !

– Exact. Tu m'as sauvé la vie, après tout ! »

Olivier tourne la tête vers lui. Le regard qu'il croise pétille d'une ironie sereine.

« C'est plutôt la vie des autres que j'ai sauvée, non ? »

« Alors ? ose enfin Olivier devant sa tasse de café fumante, c'était qui, les affreux ? »

Carl écrase le dossier de sa chaise et tend les jambes sur le côté. L'atmosphère feutrée qui règne au Corrézien est aux antipodes de celle du Virage. Des mini fauteuils club disposés autour de tables basses, de l'opéra en musique d'ambiance, éclairage minimum, des bougies qui vacillent près des accoudoirs. Olivier voyait autant Carl dans un pareil lieu qu'une congrégation de religieuses au comptoir de chez Thomas. Ils sont arrivés il y a une dizaine de minutes, ont fait les présentations, commandé deux bières, mais la conversation n'a pas encore abordé le chapitre marseillais.

Carl plisse les yeux en basculant la tête en arrière, en homme habile à sonder ses interlocuteurs.

« Des ennemis intimes. »

Toujours ce sourire. Tendu comme une barrière filtrante qui rend indéchiffrables ses réactions profondes. Olivier attend la suite. Carl apprécie, prend sa respiration.

Et efface son sourire.

Un autre Carl prend alors la parole, avec des yeux froids comme le marbre et une sourde douleur qui semble envelopper chacun de ses mots.

« Je te parle d'un autre temps. D'une autre vie, même. Il y a trois ans, je revenais d'Amiens en bagnole avec un copain. On s'arrête sur une aire d'autoroute. Garé sur le parking, on repère un car, bourré à ras bord de supporters du Stade-Vélodrome. Ils fêtaient la victoire de l'OM en Coupe de France. On a senti l'aubaine. On s'est approchés pendant qu'ils se ravitaillaient en bière au relais, on a fracturé le coffre et on a touché le jack-pot : la banderole fétiche d'un groupe qui nous posait de sérieux problèmes à l'époque. On la leur a piquée. Tu vois, pour un club, perdre sa banderole, c'est pire que perdre son froc en direct à la télé ; la honte totale. Quinze jours après, avec d'autres potes, on a exhibé cette banderole au Parc et on l'a brûlée. Un feu de joie d'anthologie ! On gueulait « Paris, capitale, Marseille, capitule ! » Là-bas, ils sont devenus fous. On se connaissait tous. Les leaders nous en ont voulu, on s'est retrouvés ensuite au milieu de quelques bastons mémorables, mais ils n'ont jamais réussi à me faire payer l'affront. Alors, de temps en temps, ils essayent encore. Comme ce soir.

– Ils ont la rancune tenace !

– Le fair-play est une forme de faiblesse mentale, voilà ce qu'on disait. »

Carl affiche un regard absent. L'évocation du passé provoque le retour de sentiments mitigés.

Olivier attend un peu, puis il se décide à le relancer.

« C'était il y a longtemps. Et depuis ? »

Haussement d'épaules de Carl.

« J'ai décroché.

– Pour quelle raison ?

– Ça me regarde.

– Mais tu fréquentes toujours le Virage.

– Exact, dit Carl en sortant un paquet de cigarettes de sa poche de poitrine. Je ne sais même pas pourquoi. L'habitude, certainement. Pendant longtemps, le foot a été toute ma vie. J'étais méchant, alors. Très méchant...

– Tu ne l'es plus ? »

Carl ferme à demi les yeux. La question le désarçonne. Et mérite qu'il y réfléchisse en allumant une cigarette. Expulsant la fumée par les narines, il plante son regard dans celui d'Olivier.

Le sourire est revenu.

« Et toi ?

– Quoi, moi ?

– Tu es un méchant ? »

Décontenancé, Olivier hésite.

« Ben... Ça dépend des circonst...

– Tu parles ! le coupe Carl. Tu n'aimes pas te battre. Les durs, ils aiment le sang, ils aiment sentir leur ventre vibrer de rage, le rideau rouge qui leur tombe devant les yeux, ils aiment leur peur, leurs poings, leurs douleurs, leurs hurlements. Tu n'es pas comme ça.

– Hé ! proteste Olivier, qui se souvient qu'il a un rôle à tenir, demande un peu aux mecs que j'ai laissés sur le carreau en banlieue nord de te donner leur avis sur la question ! »

Carl tire une longue bouffée de tabac blond sans le quitter des yeux.

« Conneries !

– Hein ? »

En face de lui, Carl se redresse, amusé par sa mine outrée.

« Tu peux baratiner Hocine et les autres crétins, leur faire croire que t'es descendu tout seul dans le Hellside 1 à Anvers, qu'à Chelsea t'as massacré à mains nues un paquet de Headhunters. Mais pas à quelqu'un comme moi, non, pas à moi... T'as pas la flamme. La brûlure. »

Et Carl pointe son index vers l'iris bleu de son œil droit, écarquillé.

Il s'enfonce à nouveau dans son fauteuil et savoure l'embarras d'Olivier. Il n'en a pas fini.

« Qu'est-ce que tu viens faire au Virage ? »

Olivier pâlit un peu. Sur quoi va déboucher cet interrogatoire ? Il n'aimerait pas que Carl lui réserve le traitement infligé aux Marseillais. Au fond de lui, il sait qu'il n'a aucune chance. Celui qui aime la violence aura toujours le dessus sur celui qu'elle rend malade. Question de métal.

« Trouver des gens qui partagent ma passion.

– Ne me baratine pas ! »

Il faut prendre une décision. Carl ne peut pas être mené en bateau. Il règne en maître dans son domaine et sait juger les gens qui s'en approchent. Il a cette mine gourmande de ceux qui connaissent d'avance les réponses aux questions qu'ils posent. En même temps qu'il s'en rend compte, Olivier éprouve la sensation curieuse que Carl ne lui veut pas de mal ; un chat au ventre plein qui joue des pattes avec une souris.

Pour garder la main, il opte pour une demi-confession.

« D'accord, admet-il enfin. Je ne suis pas un hooligan. Cette histoire de banlieue nord est un tissu de mensonges qui devait me permettre d'approcher les ultras... Je suis journaliste. »

Carl grimace mais le laisse poursuivre.

« ... Je travaille pour un petit canard à Versailles. Je leur ai promis une série d'articles sur les barbares du football. La Coupe d'Europe approche, le thème est porteur. En fait, j'aimerais en profiter pour écrire un bouquin dans la foulée.

– En vacances chez les Thugs ?

– Thugs ?

– Oui. C'est aussi comme ça qu'on appelle les hooligans en Angleterre. Des vauriens, ou quelque chose dans le genre...

– Le titre me plaît.

– Je te le donne. »

Olivier hoche la tête en signe de remerciement. Il croit utile de poursuivre son explication, histoire de lui donner un peu d'épaisseur. Si Carl s'aperçoit qu'il lui ment encore, sa position, de délicate, risque de virer à l'aigre.

« Je sais que vous n'aimez pas les journalistes. Je me voyais mal débarquer au Virage, ma carte de presse dans une main, mon magnétophone dans l'autre, requérant la collaboration étroite des pires éléments du Parc pour l'édification des masses versaillaises.

– Pourquoi ce "vous" ?

– Tu es un hooligan, n'est-ce pas ?

– Erreur. J'étais. Je n'ai plus rien à voir avec eux. »

S'ensuit un moment de silence, qu'Olivier se garde bien de troubler.

Carl écrase sa cigarette dans le cendrier. Écartant d'un geste de la main la fumée comme on balaye d'ultimes résistances, il ajoute :

« Je les hais, même. »

Puis ses yeux bleus accrochent la flamme d'une bougie.

« Ceux que tu ne connais pas. Ceux que personne ne connaît. Je les hais. Et tu sais pourquoi ?

– Non.

– Parce que je hais celui que j'étais. »

Il y a un tel poids de douleur dans cet aveu qu'Olivier sent sa gorge se serrer. L'envie de tout déballer à Carl lui vient subitement, l'envie de parler de Trakl, du piège dans lequel il est tombé, de ce meurtre... Mais il se contient. Que sait-il de lui, après tout ? S'il se trompe d'allié, il se coupera des supporters et Trakl se chargera de le lui faire payer.

« Tu m'aideras ? demande-t-il.

– Je ferai mon possible pour t'aider à ne pas te faire tuer », lui répond Carl le plus sérieusement du monde.

Olivier repense au cadavre du Parc. Carl sait-il quelque chose ? Il est trop tôt pour l'interroger. Mieux vaut continuer à construire son personnage.

« Tu n'exagères pas un peu ?

– Je vais te donner un conseil, Olivier... »

C'est la première fois qu'il l'appelle par son prénom. C'est comme une poignée de main offerte au-dessus de la table.

« ... Tant que tu te dis : ce type à qui je parle est un hooligan, tu n'as pas de vraie raison de t'inquiéter. Mais le jour où tu tombes au Virage sur quelqu'un dont tu es sûr qu'il s'est trompé d'endroit, alors méfie-toi. Ceux qui ne jouent pas à faire peur, ce sont eux qu'il faut craindre.

– J'essaierai de m'en souvenir.

– Il vaudrait mieux. Car tu n'auras pas deux fois l'occasion de te tromper. »

Carl, les deux mains en appui sur les accoudoirs, se relève d'une poussée, signe que la conversation touche à sa fin. Il règle les consommations et salue le patron. Bientôt, ils se retrouvent sur le seuil du café.

« Je te remercie », dit Olivier en tendant sa main ouverte.

La voix résonne dans la rue déserte. Carl la serre fermement.

« On se reverra », assure-t-il en tournant les talons.

Olivier le regarde s'éloigner. L'ultime avertissement prononcé par Carl lui revient en mémoire et il se dit que s'il le rencontrait pour la première fois, jamais il ne pourrait le prendre pour un hooligan.

Preuve qu'il a peut-être été jadis le pire d'entre eux.

10

« OUI, MONSIEUR, l'appartement jouxte les Jardins du Luxembourg, il est idéalement situé, avenue de l'Observatoire... Deux cent cinquante mètres carrés au dernier étage, avec des prestations à la hauteur du prix que nous en demandons... Le plus simple est encore de vous déplacer, je suis sûr qu'une visite, mieux que la description que je pourrais vous en faire, vous convaincra que l'adjectif "rare" que vous avez pu lire dans l'annonce n'a pas été choisi à la légère... À votre convenance... Demain, c'est parfait... Dix-sept heures vous irait ? Que vous puissiez admirer la lumière en soirée... Oui, directement à l'agence, vous demandez Guillaume Safran, je me chargerai moi-même de vous conduire... Je vous en prie, monsieur ! »

Le jeune directeur de l'agence immobilière du 32, avenue des Ternes raccroche son téléphone et inscrit ce nouveau rendez-vous dans son agenda. Cette affaire ne devrait pas poser de problème. Avec la vente du duplex rue de Passy et celle du dernier étage avec terrasse à Saint-Cloud, le bilan de la semaine s'annonce particulièrement positif. Il a décroché quelques affaires en or. L'argent attire l'argent. Et ceux qui en veulent iront toujours trouver ceux qui en gagnent.

Une sonnerie feutrée d'Interphone le tire de sa rêverie satisfaite.

« Monsieur Safran ? fait la voix de sa secrétaire, un certain monsieur Gunn demande à être reçu.

– Faites entrer, Geneviève. »

Quelques instants plus tard, précédé par une jeune blonde en tailleur strict, Tommy Gunn fait son apparition dans le bureau. Il a troqué son blouson contre une veste à carreaux et un pantalon de velours qui, joints au foulard en soie noué autour de son cou, lui donnent l'allure d'un touriste écossais qui se demande où diable il a bien pu garer sa Jaguar. Cette illusion serait parfaite sans ce visage qui résiste au déguisement, avec ces paupières légèrement closes qui distillent la méfiance acide du regard, ces maxillaires bloqués rongeant un os absent.

Guillaume Safran observe son soldat avec satisfaction. Une perle. Dénichée un an auparavant au Builders' Arms, un pub crasseux en plein cœur de West Ham. Bien sûr, il le connaissait de réputation. Ceux qui avaient rencontré ses yeux ne l'oubliaient jamais. Fer de lance de l'ICF, Brian, leur chef, avait vanté les mérites de Tommy, pur produit des taudis de Bethnal Green, lors d'une entrevue secrète avant la Coupe du monde, alors qu'ils délimitaient leurs territoires et mettaient en commun les informations recueillies sur le dispositif policier prévu pour les accueillir. Accessoirement, ils comparaient leurs champions. Tommy tombait sous le coup d'un hors-jeu fâcheux, il ne pouvait être de la fête.

Pour commencer, il était sur la liste de tous les *spotters*[1], en gras, entouré en rouge et surligné : chaque membre de cette unité spécialisée dans la traque des hooligans pouvait décrire son visage les yeux fermés. Difficile, dans ces conditions, de s'approcher des stades. Mais ce n'était pas le plus grave. Pendant cette rencontre, Guillaume apprit que Scotland Yard s'intéressait à son cas. Tommy s'était lâché une semaine auparavant dans une impasse, s'acharnant sur un Gooner d'Arsenal isolé à l'aide d'une planche arrachée d'une palissade. Le jeune Sammy Watt était mort des suites de ses blessures. Tommy n'avait manifesté aucun remords, mais il était recherché pour meurtre et les choses se compliquaient sérieusement pour lui. Il avait déjà tiré un an de prison à l'âge de 18 ans et ne comptait pas y retourner. Guillaume était allé le voir, lui promettant la France comme terre d'asile, et des projets excitants. Le programme avait séduit le boucher de West Ham. Guillaume Safran n'était pas n'importe qui. Leur association fonctionnait bien depuis. Un chef, et un bras droit à qui on pouvait tout demander.

« Assieds-toı, Tommy ».

L'Anglais prend place en face de l'immense bureau couvert de dossiers.

. Physionomiste.

« J'ai un petit travail à te confier. »

Tommy l'accepte déjà d'un clignement des yeux.

« Le coup d'envoi est lancé, reprend Guillaume Safran en écrasant le dossier de son fauteuil. Enfin, les équipes sont prévenues... Je viens d'envoyer les mails aux membres de l'Amicale.

– Qui ?

– Tu dois tous les connaître : Lothar, Luca, Frank, Filip et Ronnie. »

En entendant le dernier nom, Tommy esquisse un sourire carnassier.

« Coyne ? lâche-t-il. Ce vieux Ronnie, toujours dans la course !

– Eh oui ! Et pourtant, à Millwall, on ne fait pas de vieux os, généralement.

– C'est un coriace.

– Ils le sont tous. C'est pourquoi la mission que je vais te confier n'est pas à prendre à la légère.

– J'écoute.

– Tu vas constituer l'équipe. La mienne.

– Combien de joueurs ?

– Trente. Je pense que c'est un bon nombre. Plus, les équipes seraient facilement repérables. Et nous devons miser sur la mobilité. Lors des rencontres, une soixantaine de joueurs déterminés sur le terrain pourront assurer le spectacle. Je m'occupe dès demain d'acheter les cent quatre-vingts places du premier tour. La compétition sera rude, alors ramène les meilleurs. Tu as carte blanche. Tu n'auras d'ailleurs pas trente bonshommes à trouver, mais vingt-cinq. J'en ai cinq sous le coude, à Marseille. Je pars ce soir les recruter.

– Vous avez des noms à me souffler ?

– Je vérifierai ta liste. À mon avis, nous pensons aux mêmes. Un bon, ça se remarque.

– Bien. »

Tommy Gunn se lève et se dirige vers la porte. Mais avant d'actionner la poignée, il semble se raviser et se tourne vers son patron.

« Au fait, dans l'équipe… »

Toujours assis dans son fauteuil, Guillaume Safran éclate de rire en dévisageant son lieutenant. Un court instant, le tueur d'Upton Park a eu l'expression d'un môme penaud qui quémande une sucrerie.

« Bien sûr, le rassure-t-il, tu fais partie de la sélection, Tommy ! Buteur, ça te va ? »

L'Anglais hoche la tête et n'ajoute aucun commentaire. En sortant, il ferme doucement la porte derrière lui.

Guillaume Safran se replonge aussitôt dans l'étude des dossiers qui viennent d'arriver à l'agence. Il y consacre une demi-heure, puis, après avoir consulté sa montre, met de l'ordre sur son bureau et décroche son manteau pendu dans un coin de la pièce. Après avoir transmis ses ultimes recommandations à la secrétaire, il la salue et rejoint sa BMW, garée à une centaine de mètres de l'agence. Direction l'aéroport.

Il dînera le soir sur la Canebière.

Sur le trottoir d'en face, le capitaine Trakl note sur

un carnet à spirale l'heure de départ de la BMW, mais il ne démarre pas son moteur. Il devine où se rend Safran. Ce qu'il ignore, c'est ce qu'il a dans la tête, et son carnet ne lui sera d'aucune utilité pour le découvrir. Au fil des ans, noter les allées et venues des individus qu'il surveille est devenu chez lui un réflexe.

Il le referme et le jette sur le siège passager de la Clio.

Encore une rencontre entre Safran et Tommy Gunn. Leur fréquence augmente, signe probable d'une action imminente. À l'horizon de l'Euro, c'est couru d'avance. Un mois de délai. Une courte période qu'il faudra mettre à profit pour atteindre l'objectif. Un coup magnifique avant que ne sonne l'heure de la retraite, le couronnement d'une carrière bien remplie au service de l'État.

Il est temps que le petit Flamel s'active. Jusqu'à présent, il s'est assez bien débrouillé, pour un néophyte. La manière dont il a pénétré un milieu étanche et hostile force l'admiration. Il en éprouve la satisfaction personnelle d'avoir misé sur le bon cheval. Mais le chemin est encore long jusqu'à la cible.

Pourvu qu'il ne commette pas l'erreur de repasser par chez lui. Ce serait la catastrophe.

Un bourdonnement dans la poche intérieure de sa veste le tire de ses réflexions.

Il sort son téléphone.

« Trakl, j'écoute... »

Les yeux braqués sur la BMW qui tourne au coin de l'avenue des Ternes, l'officier des

Renseignements généraux ponctue la conversation de grognements réguliers.

« Merci, Flamel ! dit-il enfin pour marquer la fin de l'entretien, tenez-moi au courant. Concentrez-vous sur le gros coup qui se prépare. Essayez de lier connaissance avec au moins un des vrais meneurs. En restant prudent, bien entendu... À bientôt. »

Il progresse, le petit Flamel. Pas au point encore de lui apprendre quoi que ce soit, mais c'est pour bientôt.

Le capitaine laisse dériver sur les trottoirs de l'avenue un regard envieux. Des badauds s'y promènent, insouciants, légers comme des bulles qui se collent aux vitrines.

Vivement la retraite, se dit-il en tournant la clé de contact.

Encore un instant et il intègre la circulation. Cela fait longtemps qu'il n'a pas pointé à la Direction centrale. Un peu de présence est nécessaire pour rassurer la hiérarchie. Mais l'heure n'est pas encore venue de se faire remarquer.

11

« Paris ! Paris ! Paris ! »

Penchés au-dessus des fosses, les supporters lardent leurs exhortations de sonores frappes de mains. Dans l'axe, leurs joueurs se démènent face à une équipe de seconde division dans le cadre d'une demi-finale de la Coupe de la Ligue. Leur prestation n'est guère brillante, le soutien qui leur est apporté dans les tribunes mélange exigence fanatique et colère rentrée.

« Mais qu'il le plie, ce bouseux ! »

Jimmy, les traits déformés par la rage, hurle sa prière à l'arrière central, qui vient d'être passé par l'attaquant adverse. Châteauroux, Jimmy serait bien incapable de le situer sur une carte, mais pour lui toutes les équipes qui ne sont pas en première division sont formées d'agriculteurs aux genoux crottés qui jouent en bénévoles le samedi après-midi dans un champ de betteraves détrempé. Rien de commun avec les princes du Parc, magiciens de sang royal qui composent, du crampon, des symphonies sur gazon.

Olivier donne de la voix en automate. Dans un groupe, on est porté. Le cerveau se met sur « pause », ce sont les pulsions qui donnent les ordres.

D'âcres effluves de sueur lui fouettent les narines. À côté de lui, Bertrand, torse nu, agite à bout de bras son écharpe. Les Brigades rouge et bleu se regroupent en bordure de la tribune rouge, au pied du kop. Au-dessus d'eux roulent les chants des associations officielles du virage de Boulogne. Les tambours résonnent, des centaines de gorges crient la victoire, le combat, il n'existe plus de frontière entre les encouragements et les menaces. Placés sur le terrain, les joueurs ressentent-ils cela ? Les ondes dégagées par l'immense chœur pacifique des supporters du Parc venus entre copains, en famille, assister à un match de foot se distinguent-elles des leurs ? Olivier se le demande.

« Si on perd, ils vont le regretter ! » lui glisse soudain Hocine à l'oreille.

Hocine est derrière, souvent collé à son dos pendant les actions de jeu qui chauffent.

« Pourquoi ? demande Olivier en se retournant.

– Regarde. »

Hocine désigne du pouce le fond des tribunes rouges. Un groupe d'une vingtaine de gars est calmement assis sur une rangée de sièges.

« Eh bien quoi ?

– Ceux-là, mon pote, dit Hocine avec une mine gourmande, ils ne sont pas là souvent, mais je te garantis qu'ils ne se déplacent jamais pour rien.

– Qui c'est ? insiste Olivier.

— Le kop Commando. »

Olivier frissonne. Toujours retourné, il observe l'élite des casseurs du Parc. Habillés sobrement, pantalons de toile, chemises ou tee-shirts de marques, pulls posés sur les épaules ou noués autour de la taille, ils offrent à un observateur naïf l'image d'une bande d'étudiants sages qu'étonne plus que ne les transporte le spectacle offert sur la pelouse. Aucun cri, aucun débordement, ils balayent le stade de regards vaguement ennuyés, comme s'ils avaient hâte que la partie se termine afin qu'ils puissent rentrer chez eux.

Il y a un peu de vrai dans tout cela. Ils attendent bien la fin du match avec impatience. Mais ils n'ont pas prévu de rentrer chez eux tout de suite. Ils attendent que LEUR match commence.

Olivier cherche des yeux les tuniques rouges. Les stadiers sont disséminés dans la tribune, commentant les actions de jeu avec les supporters les plus proches. D'autres, habillés en orange, sont plantés sur l'herbe verte derrière les buts, face aux tribunes qu'ils surveillent placidement. Aucun d'entre eux ne peut ignorer la présence du commando. Et, d'ailleurs, comment ces derniers ont-ils pu pénétrer ici, alors que leur réputation devrait leur valoir un exil forcé loin des stades ?

Olivier commence à comprendre... Il faudra en parler à Carl. Olivier pense à lui. Ils se sont revus souvent depuis l'attaque des Marseillais. Peut-être une dizaine de fois. Au Corrézien principalement, et une autre fois dans la chambre d'hôtel du « journaliste versaillais ».

Par un accord tacite, ils continuent de s'ignorer lorsqu'ils se croisent au Virage. Olivier a tout de suite aimé ces rencontres. Carl, par petites touches, l'a renseigné sur le cercle maudit des très méchants. En creux se dessinait, à chaque soirée un peu plus, l'univers qui était celui de l'ancien Carl. Des rendez-vous clandestins, des plans de bataille, des affrontements d'une violence inouïe, dont il lui était arrivé de sortir mal en point. Il parlait d'une forme aiguë de solidarité, d'un code d'honneur qui imposait à son gang de ne s'attaquer qu'aux autres hooligans, ou aux flics, honnis par l'ensemble des combattants, de quelque bord qu'ils se trouvent.

Ce qui avait fasciné Olivier, c'est que n'entrait aucune forfanterie dans ces récits. Carl ne se vantait pas, en sa compagnie, il semblait se libérer, crever un abcès. Ce type ne voyait pas grand-monde. Jamais il n'avait livré l'identité d'un de ses compagnons. Il disait « on ». Et, à la fin, le bleu de ses yeux se remplissait d'un cauchemar qu'il éteignait dans la mousse d'une bière brune.

Grâce à lui, Olivier avait tout de même appris des choses. Comment les hooligans se rendaient sur le théâtre de leurs exploits ; jamais au sein des associations officielles de supporters, jamais dans les bus affrétés par elles. Ils ne s'arrêtaient pas à l'hôtel, se déplaçaient en voitures individuelles, au maximum deux passagers par véhicule, dormaient sur des aires d'autoroute, entraient dans les stades par binômes séparés pour se regrouper au moment de l'action sur un simple appel téléphonique. Ils obéissaient à un chef qui réglait les rencontres comme un manager averti.

Ils étaient structurés, disciplinés, connaissaient l'identité des leaders des gangs européens auxquels ils se frottaient le plus souvent, ils formaient avec eux une grande famille où tout le monde se détestait.

Au cours de leur dernière rencontre, deux jours avant ce match au Parc, Olivier avait fixé Carl avec insistance. Il écoutait depuis un moment le récit d'une expédition périlleuse à Craïova, une ville roumaine jetée à deux cents kilomètres de Bucarest comme un morceau de charbon concassé, et les heurts qui avaient suivi la victoire inespérée du PSG. Et il s'était soudain demandé pourquoi il ne méprisait pas de toutes ses forces celui qui dévidait face à lui, d'une voix égale, les horreurs d'une sempiternelle flambée de violence, le conteur aux phrases ensanglantées.

La réponse lui était apparue instantanément : celui qui racontait n'était plus le même. Quelque chose avait calciné le Carl d'avant, l'avait détruit. Ce quelque chose le poussait vers lui, Olivier, mais il ne savait pas ce que ça pouvait être.

Des hurlements mettent fin à sa rêverie. Tous les supporters sont dressés, poing levé ; certains, perchés sur les sièges, tapent du pied comme des possédés, propageant jusqu'à lui le frisson métallique de leur fureur.

Olivier comprend. Le PSG vient d'encaisser un but, à cinq minutes du coup de sifflet final. La marée rouge et bleu s'est levée, des centaines de poings boxent le ciel étoilé, les rais des projecteurs qui fouillent la mélasse du ciel comme des batteries de DCA, les figurines en maillot sur le terrain, des sifflets se mêlent au concert assourdissant des enragés du kop.

À l'opposé, dans la tribune qui leur est réservée, protégés par des filets anti-projections tendus depuis le chapiteau du stade, les visiteurs laissent éclater leur joie. Quelques drapeaux sont agités, une torche rouge crépite dans la foule qui danse sur place. Cette démonstration attise la colère du kop.

« C'est ça, grince Bertrand à côté d'Olivier, éclatez-vous, bande de cons, on va venir vous rendre visite ! »

Olivier volte sur place. Un coup d'œil dans le fond de la tribune.

Le kop Commando n'est plus là.

La tension est palpable dans les travées. Le kop est un chaudron bouillant qui se vide par les becs étroits qui conduisent aux escaliers. Les cuirs se frottent, s'échauffent, les regards se durcissent. Les stadiers guident les hordes avec fermeté, comme s'ils avaient hâte de se débarrasser du problème. Ce qui se passe en dehors de l'enceinte ne les concerne plus.

L'humiliation d'avoir été battu par une petite équipe de relégués pose un masque sur chaque visage. Serré par ses copains, Olivier suit le courant.

Ils s'éjectent bientôt sur le parvis en contrebas de l'avenue du Commandant-Guilbaud. Aussitôt, emmené par des bergers invisibles, un groupe assez important se porte en direction de l'entrée principale tandis que les autres, ceux qui ont décidé d'en rester là, se dirigent vers la route de la Reine. Sur leur chemin, trois pas devant une file de camions Renault et de J5 gris, des compagnies de CRS montent la garde, mais le match n'était pas classé à haut risque et les effectifs sont réduits.

L'allure est bonhomme. Devant Olivier, des groupes discutent dans un calme apparent. On commente gentiment un beau spectacle sportif et, malgré la déception, beaux joueurs, on tient à féliciter les gagnants ; tel est le message que renvoie cette troupe inoffensive aux policiers placés en réserve.

Rue Claude-Farrère, près de l'entrée F attribuée aux visiteurs, une brutale poussée de fièvre embrase la foule. Olivier est emporté, devant lui, derrière, on avance au pas de charge, aveuglément, pour buter contre un mur de dos, ultime barrière avant d'atteindre le cœur des événements. Olivier s'absente du lieu, il se dédouble à nouveau, seule protection qu'il s'est fabriquée pour ne pas être happé par l'envie irrépressible qu'on a, à cet instant, dans cet environnement, soulevé par l'énergie incroyable de la violence, de participer et de frapper, de cogner, de se ménager un espace vital, de se noyer dans la volonté de détruire que sécrète la masse. Bousculé par les supporters qui le pressent, il se retrouve, sans l'avoir désiré, près de l'entrée du Parc.

Des visiteurs terrorisés sont assaillis par les premières vagues d'agresseurs. La mêlée est confuse. Coincés contre les grilles, ils se défendent mollement, pensant surtout à se protéger de la grêle de coups qui s'abat sur eux.

Son mat des matraques qui barattent les chairs. Olivier voit les rangs qui le précèdent se disperser. Les premiers CRS chargent, guerriers noirs harnachés de coques futuristes. Leurs protège-tibias rigides leur imposent une démarche de robot. Les visières des casques sont abaissées.

L'un des CRS se dirige vers lui.

Olivier se retourne pour lui échapper.

Et il les voit.

Un mouchoir leur couvrant le bas du visage, ou coiffés d'une cagoule de motard, des éléments du kop Commando le bousculent et foncent vers les CRS. Olivier les suit des yeux et regarde, fasciné. Tactique éprouvée. Certains se heurtent au milieu de la colonne de CRS, qui se scinde pour répondre aux provocations directes. Les deux ou trois policiers en pointe se retrouvent alors coupés de leurs soutiens. Le commando, toujours en surnombre, fond sur ces proies isolées et les roue de coups avec une rage méthodique, s'acharnant sur les hommes à terre. Puis, comme sur un claquement de main, ils se dispersent dès que s'avisent de les remplacer les troupes de hooligans revitalisés par l'avantage repris sur les forces de l'ordre. Des renforts surgissent pour dégager les collègues malmenés, le commando attaque un peu plus loin, semant la panique parmi les CRS dépassés par ces explosions de rage éclair.

Olivier, planté au milieu du désastre, découvre ébahi ce ballet militaire, parfaitement huilé et coordonné. Comme si une ombre se tenait au-dessus de leurs têtes et déplaçait ces soldats d'une main experte sur le bitume gagné par une panique indescriptible.

Les premiers nuages de gaz lacrymogène planent le long des grilles d'enceinte. La dispersion s'amorce. Olivier ne peut se détacher du spectacle. Un CRS se tord de douleur au sol. Un supporter de Châteauroux éponge à l'aide d'un mouchoir le sang qui coule sur son front.

Combien de temps aura duré ce carnage ? Une main s'abat sur l'épaule d'Olivier.

« Cassons-nous ! » ordonne Hocine.

Olivier le suit. Coudes au corps, ils remontent la rue vers les tribunes Boulogne, obliquent brusquement à hauteur d'une barrière protégeant l'accès au parking en terre battue qui longe le stade ; ils le traversent et s'engagent, toujours au pas de course, dans la rue du Belvédère. De chaque côté d'Olivier défilent des hôtels particuliers aux lignes austères. On dirait un morceau de Londres égaré. Il ralentit. Hocine le presse de garder le rythme ; Olivier lui fait signe de continuer sans lui.

Une sirène de police déchire la nuit, elle ressemble à un cri de douleur lancinant. Olivier lève la tête au ciel. Des silhouettes le doublent en silence. Il respire du feu. Ses poumons se bloquent. Des bottes martèlent le bitume dans le lointain.

Il ferme les yeux, prend une profonde inspiration et se remet à courir.

12

IL A LAISSÉ DERRIÈRE LUI la place du marché déserte et pénètre dans le jardin d'enfants qui jouxte la patinoire. La structure d'une araignée trace son écheveau dans la nuit seulement troublée par la lueur d'un lampadaire. Il s'écroule sur un banc et pose sa nuque sur l'arête du dossier. Carl ne devrait plus tarder.

Des visions l'assaillent. Peur et souffrance. Regards incrédules. Il n'en peut plus. Sa participation aux actions des Brigades l'avaient écœuré, mais elles appartenaient encore au registre familier des bagarres classiques, le mouvement collectif en plus. Là, il a perçu la sauvagerie à l'état pur et son esprit ne peut pas le digérer, ces visions s'incrustent dans ses rétines, les marquent au fer rouge.

Un bruit de moteur le fait sursauter. Il se retourne. Un scooter équipé d'un pare-brise et d'une jupe boueuse stoppe à l'entrée du jardin. Carl bloque l'engin sur ses béquilles et s'approche d'Olivier. Il s'assoit à sa droite.

Entre le coup de téléphone qu'il lui a passé et l'arrivée du hooligan repenti, il ne s'est pas écoulé plus d'un quart d'heure.

« Ça n'a pas l'air d'aller bien fort », dit-il.

Olivier se passe la main devant les yeux et respire profondément.

« J'ai envie de me vomir, glisse-t-il d'une voix tremblante.

– Qu'est-ce qui t'arrive ?

– J'ai trempé dans ton enfer, voilà ce qui m'arrive ! gronde Olivier avec une pointe d'agressivité. J'ai vu des bêtes, j'ai vu du sang, et je n'arrive pas à comprendre que ça puisse exister !

– Les vrais méchants étaient là, c'est ça ?

– Ils ont foncé sur les flics, droit sur eux, pour les détruire, sans joie, comme si c'était un travail...

– Qui ? »

Olivier s'accorde un délai avant de répondre. Le nom du gang ravive son écœurement.

« Le kop Commando. »

Carl opine dans l'ombre mais ne commente pas.

« Comment as-tu pu être comme eux ? demande soudain Olivier en tournant la tête vers Carl. Je ne me l'explique pas.

– Il y a des gens qui voudront toujours devenir les meilleurs dans ce qu'ils entreprennent, même si l'activité n'a rien de noble. Ceux que tu as rencontrés sont les meilleurs. Ils ne sont pas n'importe qui. L'évolution se fait lentement. On gravit des échelons. On s'immunise contre la violence. Elle finit par paraître normale. C'est difficile de...

— Ces types me cherchent, le coupe Olivier.

— Hein ? »

Olivier n'a pas réfléchi. Mais il se sent d'un seul coup fatigué de mentir. Il perçoit vaguement ses mensonges comme faisant partie de la violence générale. Il ne les supporte plus.

« Je ne suis pas journaliste », poursuit-il.

Il sent le regard de Carl se poser sur lui. Le silence est devenu épais. Même les chevaux en bois montés sur ressorts se font menaçants, fichés au milieu de l'herbe pelée du jardin. Trop tard pour reculer, de toute façon.

« ... Un copain m'a filé une place pour le Parc, il y a à peine deux mois. »

Deux mois... Tant de choses se sont passées depuis.

Et Olivier se lâche, les mots se bousculent et retracent l'itinéraire qui l'a conduit dans cette impasse où il se cogne aujourd'hui.

Pendant son récit, Carl reste muet. Olivier ne le regarde pas, il fixe un point sur le mur de la patinoire. Le meurtre pendant l'attaque des hooligans, les types qui le recherchent chez lui, dont il apprendra plus tard qu'ils font partie du kop Commando, l'ultimatum fixé par le capitaine des Renseignements généraux...

« Tu es donc une taupe des RG ? »

Carl a fini par réagir. Il y a de la surprise dans le ton de sa voix, de la déception aussi.

Il se lève du banc et ébauche quelques pas dans le jardin. Olivier, résigné, attend qu'il l'agonise d'injures, ou le plante là. Mais rien de tel ne se produit. Carl marche et revient s'asseoir en soupirant.

« Je suis désolé de t'avoir menti, conclut Olivier.

– Je suppose que tu n'avais pas le choix », murmure Carl après un temps.

Peut-être cette phrase sonne-t-elle aussi comme une tentative d'auto-justification. C'est ainsi qu'Olivier la comprend.

Le silence se réinstalle. Le jardin se referme sur eux. Un endroit qui n'est pas fait pour la nuit. Misérable, jonché d'éclats de rires d'enfants accrochés aux touffes d'herbes piétinées. Inutile à minuit. Les deux silhouettes qui occupent le banc ne sont pas ici à leur place.

Olivier cherche au fond de la poche de son blouson de toile le carton qu'il y a laissé. Racorni, traversé de plis. Il le présente à la clarté faible de la lune.

« Qu'est-ce que c'est ? lui demande Carl.

– Je ne sais pas. Le type qui est mort dans mes bras, au Parc, avait ça dans la main. Pendant qu'il tombait, il s'est agrippé, je l'ai récupéré.

– Fais voir. »

Olivier lui tend l'objet. Carl le pêche du bout des doigts et le retourne plusieurs fois.

« Un as de pique... dit-il, songeur. Mais qu'est-ce qui se passe ?

– Cette carte, elle a une signification particulière ?

– Oui. Mais dans le contexte, c'est franchement inquiétant.

– Tu peux m'expliquer ? »

Carl se tourne vers lui.

« Tu connais l'ICF ?

– Non.

– L'Inter City Firm. C'est le gang ultra de West Ham, un trou à trois kilomètres au nord de la Tamise. Ils comptent parmi les plus violents des hooligans anglais, en compétition avec les Bushwackers de Millwall. Les Intercity sont des trains à supplément qui relient les villes entre elles, les fous furieux de West Ham les utilisent pour leurs déplacements car ils ne sont pas surveillés par les flics ; il y en a trop. La firme, c'est le gang, l'équipe de combat. Les types de l'ICF ont un truc à eux, qui les fait beaucoup rire. Ils laissent sur leurs victimes une carte à jouer, un as de pique pour être plus précis ; ce qu'abandonnaient sur les cadavres ennemis les Snippers américains au Vietnam. Parfois, ils griffonnent un mot au dos de la carte, qui dit "Félicitations, vous avez rencontré l'ICF."

– Mais qu'est-ce que l'ICF viendrait foutre au Parc ? »

Carl tient la carte entre le pouce et l'index, comme si elle pouvait révéler son secret.

« Soit un petit malin s'amuse à copier ses idoles anglaises, mais j'en doute parce qu'il serait plus valorisant d'inventer sa propre signature, soit, et c'est le plus inquiétant... »

Olivier attend. Carl a du mal à formuler l'hypothèse.

« Quoi ? le brusque-t-il, à bout de patience.

– Soit c'est un membre de l'ICF qui a laissé derrière lui un cadavre et qui s'est associé aux ultras du kop.

Un mercenaire, en quelque sorte. Mais ça, c'est du jamais vu. Ce que tu m'as décrit, c'est un meurtre prémédité.

– Aux infos, ils ont parlé de rivalités entre groupes de supporters.

– J'ai entendu comme toi.

– ... Et Trakl m'a dit que ça expliquait la présence du kop Commando à mon domicile.

– Tu lui as parlé de la carte, à ton flic ?

– Non.

– Cette histoire de rivalité, c'est bidon. Il n'y a pas eu affrontement entre deux bandes, mais un mec qui se glisse parmi les types du kop pour en planter un. Ça ressemble plutôt à un règlement de comptes. La victime n'appartenait pas au clan des durs, il n'était pas fiché en catégorie C.

– C'est quoi ?

– Oh, un système de classement établi par les flics pour répertorier les thugs selon leur dangerosité. A, ce sont les figurants, avec des petits rôles de cogneurs, B, ceux qui vont au charbon à chaque fois qu'ils en ont l'occasion ou parce qu'ils ont un coup dans le nez, et les C, ceux qui créent l'événement. »

À nouveau, Olivier se frotte longuement le visage.

« Je vais laisser tomber, lâche-t-il dans un souffle. Ils vont me détruire. Pas seulement physiquement...

– Oui. Ils vont te broyer. Mais, et ton flic ?

– Je le vois demain. Je lui dirai.

– Il te laissera tranquille ?

– On verra.

— Je t'aiderai. »

Olivier se lève. Carl est un mystère vivant. Chacune de ses réactions le prend à contre-pied. Il s'attendait à ce qu'il lui crache à la figure, dans le meilleur des cas, et voilà qu'il l'assure de son soutien !

« Merci, dit-il avant de commencer à s'éloigner.

— Mon pote s'appelait Armando... »

Olivier fait volte-face. Carl est resté assis sur le banc. Il a le visage de quelqu'un qui ne sourira plus jamais.

« On était comme les deux doigts de la main. Moi aussi, je t'ai menti. Je t'ai parlé de la solidarité qui existait entre nous au cours des bastons, le côté "tu tombes, je tombe aussi, à la vie à la mort". Tu parles ! On voulait y croire, c'est tout. En réalité, on recherchait le groupe pour la force qu'il procure, on se sentait décuplés, mais si par malheur tu restais sur le carreau pendant une expédition, ceux d'en face auraient pu s'essuyer les semelles sur toi pendant des heures avant qu'un de tes "frères" fasse un geste pour te tirer de là. Le plus souvent, c'étaient les flics qui nous sauvaient. Ils chargeaient et les autres décampaient. Chacun pour soi. Sauf avec Armando. Je ne compte pas les fois où il m'a sauvé la mise. Y'a que lui qui me soit venu en aide comme ça, pour rien, alors qu'il aurait eu meilleur compte à se barrer pour éviter les coups. Enfin, lui, et toi... l'autre soir...

— Il est devenu quoi ? »

Carl semble se tasser sur son banc. Son dos se voûte, ses épaules se ferment, comme si elles voulaient soulager une souffrance logée au creux de la poitrine.

« Il y a quatre ans maintenant, on était partis à Cagliari, en Sardaigne, où devait avoir lieu un match Angleterre/Pays-Bas qui promettait. Pour l'occasion, on avait rendez-vous avec un gang italien appelé les Barbours, comme la marque de l'imperméable vert sombre qu'ils portaient. C'était une formation satellite des tifosis du Milan AC. On avait eu des mots chez eux, ils voulaient une revanche et personne ne voulait attendre une rencontre opposant la France à l'Italie ou le PSG au Milan AC. Dans le sillage des Anglais et des Hollandais, on était assurés de passer relativement inaperçus. Comme prévu, on s'est affrontés sur la colline qui grimpe au stade, sous une chaleur à crever, au milieu de ruelles tortueuses que ces fumiers connaissaient par cœur. J'étais avec Armando, on s'est retrouvés coincés dans une arrière-cour miteuse, avec les habitants qui nous balançaient tout et n'importe quoi sur la tête, et six Barbours armés de battes de base-ball et de marteaux pour nous couper la retraite. Jamais je n'ai autant espéré l'arrivée des flics, tu peux me croire. On s'est défendus comme on a pu, mais là, c'était trop... »

Carl parle de moins en moins fort, il ne veut pas réveiller le souvenir. Olivier est obligé de tendre l'oreille pour entendre la fin du récit.

« ... Les flics sont bien arrivés. Je ne les ai pas entendus. Quand je me suis réveillé, ils avaient déjà fait venir une ambulance. Mais Armando, qu'ils ont glissé à l'intérieur sur une civière, lui, il ne s'est jamais réveillé. »

Une pie vient se poser au milieu de l'aire de jeu. Elle

retourne du bec un minuscule éclat de verre qui accrochait la lumière du lampadaire, puis elle s'envole lourdement.

« ... Il est resté quinze jours dans le coma, à Cagliari. Un matin, il a décidé de ne plus se fatiguer à respirer. »

Carl lève la tête vers le ciel d'encre, ce n'est pas la première fois, mais le ciel sonne creux.

« ... Après sa mort, j'ai décroché. Enfin, pas tout de suite. J'ai même failli devenir dingue, je rêvais d'expédition punitive, de vengeance méthodique. Un type m'en a dissuadé. Il a eu raison. Depuis, je suis comme un agneau. Je bois des bières dans l'arrière-salle d'un café en regardant de pauvres mecs prendre le chemin que j'ai pris. Je sais qu'il est inutile d'essayer de les convaincre. Et puis je ne me sens pas l'âme d'un prêtre, ni d'un directeur de conscience. J'ai trop de violence sur les mains pour être un interlocuteur de confiance. »

Carl se lève et se redresse sur place. Il tourne la tête vers Olivier, qui n'a pas bougé.

« Je vais me renseigner. Les hools s'excitent bizarrement en ce moment. Je ne sais pas encore de quoi il s'agit. »

Il sort un stylo de sa poche intérieure et griffonne quelque chose sur une page d'agenda. Il la déchire et la tend à Olivier.

« Tiens ! En cas de gros pépin, si tu ne peux pas me joindre, contacte ce numéro. Tu tomberas sur quelqu'un de bien. Dès que j'ai du neuf, je te rappelle. »

En passant devant Olivier, Carl lui flanque une légère bourrade sur l'épaule.

Il marche vers son scooter, enfourche la selle et enfile son casque.

« Fais attention ! » lui lance Olivier alors que le scooter vire déjà pour remonter la rue Victor-Griffuelhe.

Lorsque le bruit du moteur a complètement disparu, Olivier prend la direction opposée.

Il est temps de rentrer.

13

DEUX JOURS se sont écoulés. La veille, un message laissé à la réception de l'hôtel a appris à Olivier l'annulation du rendez-vous prévu avec Trakl, lui offrant par là même un sursis supplémentaire.

Il sort de l'entraînement, son sac sur l'épaule, complètement vidé. Il a assuré un round avec chacun des inscrits au cours compétition. En conclusion de la séance, il a compris qu'il était temps pour lui de reprendre le chemin du bois de Boulogne. L'endurance laissait à désirer. Avec le dernier élève, il avalait des lampées de lave en fin d'assaut.

Une Clio blanche vient ralentir à sa hauteur et se range le long du trottoir. En quelques pas, Olivier atteint le niveau de la vitre passager. Écroulé sur le fauteuil, le capitaine Trakl abaisse manuellement le carreau et l'appelle.

« Montez, Flamel ! » ordonne-t-il.

Olivier s'exécute en soupirant.

« Je suppose que vous désirez me fixer un nouveau

rendez-vous maintenant ? le raille-t-il d'un ton grinçant. Et vous voulez savoir si je suis disponible ?

– Très amusant... répond Trakl. Hier, j'ai été retenu au ministère. Je subis, disons, quelques pressions... Mes supérieurs attendent de moi des résultats qui tardent à venir. La petite démonstration de vos amis contre les pauvres bougres de Châteauroux n'ont pas arrangé mes affaires.

– Ce ne sont pas mes amis.

– Je sais. Nous n'en aurons pas pour longtemps. Avez-vous du neuf ?

– Oui, répond Olivier. Je me retire. »

Le capitaine ne répond rien mais rétrograde et se gare sur un arrêt de bus. Il coupe le contact puis pose son coude sur le dossier de son siège pour dévisager son passager.

« Vous avez dit ? demande-t-il d'une voix neutre.

– Je me retire, répète Olivier, c'est tout. J'en ai ma claque.

– Vous étiez près des tribunes visiteurs l'autre soir, je me trompe ?

– Non, j'y étais.

– Et vous avez vu l'élite du kop en action. »

Olivier opine en silence.

À nouveau, il ressent le malaise qui ne le quitte pas en présence du policier. Son regard fouille la pensée, débusque les silences et les sous-entendus comme un vulgaire gibier...

« Ils vous ont fait peur ? insiste le capitaine. Vous pouvez me l'avouer, il n'y a pas de honte à ça.

– Dégoûté, plutôt. Je ne veux pas devenir comme eux, et le temps qui passe joue en ma défaveur.

– Au contraire ! Il vous rapproche de la fin de l'épreuve. Je comprends votre réaction, elle est naturelle, vous subissez une pression inhabituelle qui vous déstabilise...

– Fin psychologue, avec ça... persifle Olivier, qui devine les manœuvres du policier.

– ... Mais n'oubliez pas le contexte ! Les soupçons qui pèsent sur vous, soupçons de meurtre qui plus est, ces hooligans qui vous traquent... La sortie, elle est devant vous, Olivier, et avec moi pour vous épauler... »

Le sens de cette dernière phrase apparaît clairement. Ne faites pas machine arrière, sinon je ne me gênerai pas pour vous enfoncer la tête à coups de talon. Olivier serre les poings.

« Qu'il puisse m'arriver malheur n'a pas l'air de vous émouvoir ! lance-t-il avec un mauvais sourire.

– Ne dites pas de bêtise ! Il ne vous arrivera rien. D'abord, personne ne vous demande de jouer les héros. Restez un observateur, gardez un minimum de distance et ne franchissez pas la ligne jaune. Ensuite, je sens que nous touchons au but. L'Euro approche, nos amis vont s'organiser une petite fête pour l'occasion, j'en suis persuadé. Avec vous dans le circuit, on ne va pas les rater. »

Le capitaine Trakl lance à nouveau son moteur et redémarre.

« Je vous dépose à l'hôtel ? »

Olivier a envie de se flanquer des paires de gifles. Il

se fait rouler, manipuler, mais ne voit pas comment se libérer de l'emprise qu'exerce sur lui ce flic de malheur. S'il montre autant de talent à lui créer des ennuis avec la brigade criminelle qu'il en déploie pour le convaincre de ne pas les contacter, la partie est fichue d'avance.

Olivier ne desserre pas les dents jusqu'à la place Jules-Guesde. Il marmonne juste un « au revoir » au tarif syndical en s'extrayant de la Clio.

L'air doux a rejeté à l'extérieur des hommes usés qui se pressent autour des rares bancs publics. Certains palabrent en grillant une cigarette sur le rond-point central, encombré par des tas de pavés descellés et des baraques de chantier orange. Une haute silhouette en boubou bleu et sandales traverse la rue Nationale. Olivier avise les tables vides qui prolongent en terrasse la brasserie Le Point du jour, à quelques mètres de l'entrée de son hôtel. Il a l'impression que l'une d'elles l'invite à s'asseoir pour apprécier, comme ses voisins de quartier, les premières manifestations de l'été. Il n'attend pas que l'envie disparaisse pour lui céder et se dirige vers elle quand une voix forte prononce son nom. Il tourne la tête. Le réceptionniste de l'hôtel multiplie les grands signes depuis l'entrée. Olivier le rejoint.

« Monsieur Garchine, je vous ai aperçu de loin, excusez-moi, vous avez reçu un coup de téléphone, un certain Carl qui vous demande de le rappeler ; c'est très urgent, à ce qu'il paraît. »

Olivier le remercie et le suit jusqu'à la réception. Un

téléphone est posé sur le comptoir, appareil à cadran qui lui rappelle à chaque fois le salon de chez ses parents, à Orléans. Il compose le numéro de Carl. Au bout de deux sonneries, on décroche.

« Carl ? C'est Olivier.

– Tu es où ?

– À l'hôtel.

– J'ai du nouveau. Au Parc, dans les tribunes au-dessus des loges, à minuit, se tiendra une réunion au sommet en présence des principaux représentants européens du mouvement hooligan. Quelque chose d'important, tu vois ! De très important. Ne bouge pas, je viens t'en parler.

– Attends ! Je serai sur la place, à la terrasse du café qui jouxte la pizzeria Le Paname. Tu ne pourras pas me rater.

– D'accord. Je suis là dans un quart d'heure. »

Carl a raccroché. Olivier fait inscrire le montant de la communication sur sa note et sort pour s'installer à l'endroit fixé pour le rendez-vous. Il commande aussitôt une bière et se met à guetter les deux roues qui s'aventurent sur la place. La voix de Carl trahissait une nervosité qui ne lui est pas coutumière. Olivier n'aime pas ça. Pour rendre Carl nerveux, il faut mettre le paquet.

Les minutes s'écoulent. En face, de l'autre côté de la place, l'entrée des usines Renault barre l'horizon de ses hauts murs. Un homme ivre apostrophe les nuages en mâchant des imprécations confuses. Tout en gloussements et murmures pâmés, un couple d'amoureux se niche en bout de terrasse et commande des baisers fougueux sans en avertir le serveur.

Un coup d'œil à sa montre. 21 h 30. Une faim brutale tenaille Olivier. Il lorgne du côté de la pizzeria en rêvant d'une assiette de pâtes fumantes. Un moteur de scooter ronfle au loin, puis se rapproche. Olivier voit surgir Carl. Avec son casque et sa veste en cuir, on pourrait le confondre avec n'importe quel livreur, mais c'est bien lui. Il s'engage pour contourner le rond-point, suivi par une 505 qui vire serré en atteignant la place, qu'elle emprunte à contre-sens, comme si elle voulait couper pour foncer dans le rue du Point-du-Jour. Olivier, surpris, fixe le pare-brise fumé du véhicule et son estomac se serre soudainement. Il devine. Mais tout va trop vite...

La 505 braque à droite, laisse le rond-point central à dix mètres et bondit, toujours à contre-sens, sur le scooter de Carl, qui n'a pas le temps de réagir. L'avant de la Peugeot le percute de plein fouet, Carl est décollé de son siège, son casque heurte le capot, il rebondit pour s'envoler au-dessus de la 505 et s'écraser au sol.

Le cri que pousse Olivier se confond avec le son du moteur relancé par le conducteur invisible. Une vitesse craque, la voiture-bélier braque pour contourner le scooter presque encastré sous la calandre et s'en dégager.

Dans un froissement de tôles, elle y parvient en abandonnant sur place une aile tordue, puis les pneus patinent sur l'asphalte avant de mordre à nouveau la chaussée.

Olivier est debout, sa chaise est renversée, tout comme la table, des éclats de verre jonchent le trottoir.

Il ébauche un geste pour s'élancer mais la 505 file déjà vers la rue Nationale, où elle disparaît dans un hurlement de cylindres.

Comme un automate, Olivier s'avance. La roue avant du scooter sur le flanc tourne dans le vide. Là-bas, le corps désarticulé de Carl gît au sol.

Olivier s'en approche, il a du mal à respirer, il ne peut décoller son regard de l'angle étrange qu'a pris le casque sur le buste de son ami.

À quelques mètres du corps, il découvre une tache noire se détachant sur fond blanc, un petit rectangle, deux pas, trois, une carte, encore un pas, une carte braquant sur lui un as de pique comme le canon d'une arme à feu.

Son regard va de la carte au corps inerte.

Les autres témoins qui s'approchent le trouvent à genoux. Comme si le manche d'un couteau invisible vibrait dans son dos.

14

La pelouse luit, noire. Dans les travées désertes mugissent des rafales de vent épisodiques. Les strapontins sont relevés et alignent leurs bandes de couleur ternies par la pénombre. De rares éclats de voix troublent le silence, un silence étrange qui rôde avec prudence dans une arène prévue pour les rugissements. Le silence, ici, se tâte.

Une minuscule silhouette apparaît au sommet des tribunes Auteuil, puis elle est gobée par la bouche sombre de l'entrée. Olivier ne la quitte pas des yeux.

Aussitôt après le départ de l'ambulance qui a embarqué le corps de Carl, place Jules-Guesde, il est remonté dans sa chambre d'hôtel, il a enfilé les vêtements les plus sombres qu'il a pu trouver, puis il est redescendu.

Des groupes commentaient encore l'accident. Il a trouvé rapidement un taxi. Chauffeur jovial, la vitre avant abaissée, l'autoradio bloqué sur Radio Nova. Olivier s'est écroulé sur la banquette arrière.

La voix de Carl lui revenait comme un refrain.

Minuit, dans les tribunes présidentielles, réunion au sommet. Le taxi l'a déposé près du Parc des Princes. En évitant de se faire remarquer par les derniers promeneurs de la rue du Commandant-Guilbaud, il a franchi les grilles d'enceinte à l'endroit précis où un angle mort permet d'échapper aux caméras de surveillance, tuyau transmis par Hocine lors d'un précédent match. Olivier ne pensait pas s'en servir aussi vite. Une fois de l'autre côté, il a progressé lentement vers les tribunes, toujours aux aguets. Des rondes d'agents de surveillance l'ont obligé à se couler plusieurs fois dans l'ombre protectrice des piliers bétonnés. Mais c'est sans problème qu'il est parvenu au poste qu'il s'était choisi, celui des tribunes Presse, qui surplombent le lieu supposé du rendez-vous.

Depuis, il se cache sous la rangée de tables réservée aux journalistes. À intervalles réguliers, il sort la tête et jette un coup d'œil périscopique aux alentours. Le reste du temps, il tend l'oreille, conscient du fait que d'autres vigiles vont certainement préparer le terrain avant l'arrivée des huiles.

Terré dans sa planque, il revisite les dernières heures. Le corps brisé de Carl sur la chaussée le lance comme une douleur. Lorsque cette image parvient à s'escamoter, il essaye de trier ses sentiments. Difficile, tant ils sont confus. Il se sent en mille morceaux.

La peur rôde, omniprésente. Carl a été assassiné parce qu'il a posé les questions qu'il ne fallait pas aux mauvaises personnes. Olivier ne fait rien d'autre que prendre le relais. Au nom d'une obscure fidélité à un homme qui lui aura inspiré autant de méfiance que de respect.

Non, ne pas dire cela. Carl était un ami, on pouvait compter sur lui, il avait enterré son passé dans une arrière-cour sordide de Sardaigne, sous une pluie de crachats. La mort de Carl est insupportable. Il n'est plus question de faire machine arrière.

Second meurtre, même signature. Le tueur de l'ICF a abattu une autre carte. Combien en compte-t-il dans son jeu ?

La peur continue de lui mordre les tripes, malgré la rage qui monte.

Admettons. Il découvre les responsables, met à jour leurs mobiles, et après ? Le capitaine Trakl saura-t-il mettre fin à leurs agissements ? De quelles preuves disposera-t-il ? Le témoignage d'un suspect dans la première affaire ne pèsera pas lourd dans sa besace. Et il connaît assez le flic pour se méfier de ses promesses. Les manipulateurs tournent souvent avec le vent.

Un bruit de conversation le fait sursauter. Il essaye en vain de s'humecter les lèvres et se recroqueville un peu plus dans son abri précaire.

Des pas.

Couinements d'une paire de baskets. Qui se rapprochent. Il bloque sa respiration et ferme les yeux. En contrebas de sa position, les conversations enflent.

Olivier distingue plusieurs voix mais le danger vient de plus près. Le type de la sécurité s'offre une halte à deux mètres de lui. Une expiration qui se prolonge ;

l'homme fume une cigarette. S'il se penche et pousse la conscience professionnelle jusqu'à regarder sous la table, Olivier est foutu. Un seul repli possible, par le chemin emprunté pour rentrer, ce qui l'obligera, s'il n'est pas repéré avant, à attendre la fin de la réunion et le départ des participants. Nouveaux couinements. Les bruits de semelles décroissent. Le vigile poursuit sa ronde.

Olivier peut maintenant se concentrer. En isolant les voix, il tente d'évaluer le nombre de participants à la réunion. Moins d'une dizaine, sans doute. Les propos sont tenus en anglais, mais une seule des personnes présentes le manie sans accent, ou plutôt avec cet accent caractéristique des Anglais pur jus. Le choix de cette langue implique que la réunion est internationale. Olivier rassemble ses souvenirs de lycée et s'absorbe dans la traduction simultanée des échanges.

Une voix s'impose parmi les autres. Le meneur des débats, ou l'organisateur.

« Merci à tous d'avoir répondu à mon invitation, commence-t-il. Vous connaissez tous ce stade pour y avoir fait vos preuves, même si vous n'avez encore jamais eu l'occasion d'en admirer la pelouse à partir de cette tribune. C'est à mon ami Pascal que nous devons le privilège de la découvrir avec les yeux d'un président de la République. Président, c'est un peu ce que je suis, et vous êtes chacun ministre d'une armée. C'est le besoin, l'envie de comparer leurs valeurs qui nous réunit ce soir. C'est un moment historique. Le premier tirage au sort de la Thug League ! »

Un murmure entrecoupé de rires brefs salue la dernière phrase, prononcée avec une emphase un peu ridicule. Le calme revient aussitôt, et le président poursuit.

« Dès que ce projet vous a été soumis, vous avez constitué vos équipes. Lothar, Luca, Ronnie, Frank sont déjà prêts, Filip pas tout à fait...

– Trop de bons éléments, répond celui qu'Olivier suppose être le Filip en question, c'est dur de choisir.

– Mais nous serons tous opérationnels au démarrage de la compétition, c'est ce qui importe. »

Olivier fait le compte. Les cinq noms cités plus le président, les membres de cette Thug League sont six. À moins qu'il faille ajouter ce Pascal cité au début du discours...

« Nous sommes tous tombés d'accord sur les règles de notre championnat. J'ai tenu compte des propositions que certains d'entre vous m'ont faites sur le Net. Le moindre détail a été étudié, et...

– Y compris le détail flics ? le coupe une troisième voix.

– Ne t'inquiète pas, Lothar. Nous n'avons rien à craindre de ce côté-là. J'ai pris mes dispositions.

– Lesquelles ?

– Ça me regarde ! réplique le président sèchement. Il n'y aura aucune fuite. Tommy a fait le nécessaire.

– Oui. »

Olivier se mord les lèvres. Lâchée par une voix sans visage, basse et éraillée, cette confirmation lapidaire le gifle à toute volée. Le tueur est là, il s'appelle Tommy.

Ne pas oublier ce nom.

« Tu as changé de camp, Tommy ? lance un participant, l'Anglais semble-t-il, avec une agressivité inattendue.

– Va te faire foutre, Ronnie ! »

D'un ton égal. Le silence qui suit ce court échange se charge d'électricité. Le président intervient.

« Du calme ! Gardez votre énergie pour les rencontres. Tommy dirigera mes kop Commandos, Ronnie, et si tu veux le retrouver pour évoquer le bon vieux temps, tu sais ce qu'il te reste à faire.

– Je suis sélectionneur, répond l'autre, je ne mouillerai pas le maillot. Mais mes gars vont se régaler...

– Nous verrons cela. Que diriez-vous maintenant de procéder au tirage au sort ? Vous excuserez, j'en suis sûr, l'absence d'un huissier de justice. Le bon déroulement de cette opération est placé sous notre contrôle à tous. Dans cette urne rudimentaire, nous avons placé six étiquettes... »

Six participants, se dit Olivier toujours prostré dans son réduit sombre, celui qui s'appelle Pascal travaille donc pour le président.

« À qui l'honneur ? Luca ? »

Un court silence s'ensuit, le temps que le capitaine désigné plonge sa main dans l'urne.

« Autriche, déclare-t-il.

– Bien. À toi, Lothar.

– Danemark.

– Frank ?

– Portugal.

– Ronnie ?

– Bulgarie.

– Filip ?

– Pologne.

– Bien. Il ne me reste qu'un papier, que voici... L'Écosse. Superbe tirage au sort ! La chance a fait en sorte que nous soyons tous couverts. Toi par exemple, Ronnie, ça ne t'aurait pas forcément arrangé de tirer l'Écosse, non ?

– Tu crois qu'on peut confondre un Anglais avec un Écossais ? » crache le dénommé Ronnie d'un ton rogue.

Le président éclate de rire.

« Je me mettais juste à la place d'un CRS, ne te vexe pas. Je crois, messieurs, que nous pouvons fêter ça ! Pascal ? »

Derrière le brouhaha confus des conversations qui reprennent, Olivier entend le bruit d'un bouchon de champagne qui saute. Deux autres lui succèdent. La cérémonie tourne à la petite fête. Olivier commence à gigoter. L'occasion ne se représentera pas. Il faut qu'il sorte la tête de son trou et aperçoive les visages. Et surtout qu'il vérifie une chose...

Avec précaution, il soulève un coin de la protection qui recouvre la table et risque un regard au ras du sol, de part et d'autre de la rangée. Pas de vigile en vue. Il tend ses jambes l'une après l'autre pour réduire l'ankylose qui commençait à le gagner et roule sur le sol. En rampant, il se dirige vers un escalier latéral. Les voix sont plus nettes maintenant qu'il est à l'extérieur. La proximité des comploteurs est telle qu'un instant l'envie de retrouver la protection illusoire de la table l'épingle sur place. Mais il résiste et poursuit sa progression. En bout de parcours, il avance la tête centimètre par centimètre pour plonger son regard à travers une rambarde vitrée sur les tribunes officielles.

La Thug League est au complet. Inconsciemment, Olivier s'attendait à découvrir un groupuscule de crânes rasés en Bombers et Doc Marten's, mais il est loin du compte. Il domine une assemblée rassurante de jeunes gens qu'on pourrait aisément confondre avec un groupe échappé du Quartier latin. Les cheveux sont assez longs pour être coiffés, les tenues décontractées. Aussi peu repérables que le kop Commando. L'un d'entre eux est même vêtu d'un élégant costume noir qui semble marquer sa position dominante dans le groupe. Peut-être le président... Âge moyen, une trentaine d'années. À cette distance, et compte tenu de la faiblesse de l'éclairage, Olivier ne peut même pas détailler les visages. Excepté celui de...

Olivier recule la tête, les yeux grands ouverts, souffle coupé.

Lui !

Il recule le buste.

L'homme du Parc, le tueur de l'ICF ! Un peu à l'écart des autres. Sa face étroite barrée par de minces sourcils s'est figée dans sa direction. Assez pour qu'Olivier le reconnaisse. Et peut-être pour qu'il ait été repéré.

Les secondes défilent, Olivier reste en apnée. Pas de

réaction de l'autre côté. Juste les conversations qui ronronnent. Olivier soulève lentement la protection plastique et roule à nouveau sous la table. Le pan protecteur se rabat. Olivier ferme les yeux et se cherche une respiration régulière.

Que se passe-t-il ici ? Des hooligans se retrouvent et forment des équipes. Ils vont s'affronter dans une sorte de championnat parallèle mais procèdent à un tirage au sort incohérent où ils s'attribuent des équipes en lice pour l'Euro à venir. Ronnie est anglais, or l'Angleterre n'est pas qualifiée pour l'Euro ! L'organisateur, un Français qui se vante d'avoir des appuis dans la police, recrute des troupes au sein des groupes ultras et il emploie par ailleurs un tueur anglais prénommé Tommy, qui compte à son actif le meurtre d'un supporter du PSG au Parc, puis celui d'un ancien hooligan qui devenait trop curieux. Tout cela n'a aucun sens.

Cela n'a aucun sens, mais ils vont devoir payer. Pour ce qu'ils ont fait, ce qu'ils s'apprêtent à faire.

Olivier retrousse sa manche et consulte le cadran lumineux de sa montre. 1 h 10. Il sera trop tard pour téléphoner à Trakl. Il importe avant tout de sortir du Parc sans casse.

Il patiente encore quelques minutes et il entend le président réclamer le silence.

« Messieurs, Messieurs, tout à la joie d'ouvrir notre petite réunion, j'allais en oublier un détail qui a son importance. »

L'assemblée retrouve progressivement son calme.

Olivier n'entend plus que son propre souffle oppressé.

Cela ne dure pas.

« Les paris seront rassemblés par chacun d'entre vous et centralisés par mes soins, reprend le président. Virement bancaire uniquement, et de la somme globale. Je calculerai les gains et opérerai la redistribution.

– Pourquoi toi ? lance, toujours aussi teigneux, celui que les autres appellent Ronnie.

– Parce que sans moi, il n'y aurait ni championnat, ni paris, ni rien ! Ne l'oublie pas ! Ça te pose un problème ? À toi ou à quelqu'un d'autre ? »

L'Anglais ricane, puis jette :

« T'énerve pas, c'est OK...

– Bien. Puisque nous sommes tous d'accord, je déclare terminée la première réunion de la Thug League ! Avant de partir, Pascal vous distribuera les places. »

Allongé sur le sol, Olivier, qui les entend se disperser, fulmine. Depuis son trou, que pourrait-il faire pour les arrêter ? Son impuissance est comme une trahison. Le souvenir du corps disloqué de Carl lui revient en flash. Sa colère est nourrie d'une terreur glacée. Ce qu'il affronte, c'est un épouvantable ramassis de dingues. Il a déjà vu le kop Commando à l'œuvre, ses équivalents européens étaient réunis ce soir sous la bannière de leurs meneurs. C'est le même sort que celui de Carl qui l'attend s'il commet le moindre faux pas.

Les voix se perdent dans les entrailles du Parc. Le silence reprend sa place. Et puis le vent.

15

De rares voitures forment sur la place de la Porte-de-Saint-Cloud un manège misérable. Les pas d'Olivier l'entraînent le plus loin possible du Parc. Il en est sorti sans problème, trois quarts d'heure après le départ de la Thug League. Il a su facilement éviter les dernières sentinelles oranges, dont la vigilance, une fois l'événement terminé, s'était relâchée. La tension accumulée au cours de la soirée lui leste maintenant le ventre.

La force de l'habitude : il s'est retrouvé sur l'avenue Ferdinand-Buisson, presque à l'angle de la rue où il habite. Il s'arrête. Les recommandations de Trakl ont toujours été très claires à ce sujet, il ne faut s'approcher de son domicile sous aucun prétexte.

Il fronce soudain les sourcils. Le kop Commando exerce une surveillance permanente, d'après le capitaine des RG. Mais si le tueur de l'ICF est bien l'auteur du meurtre au Parc lors du match PSG/Nancy, pourquoi les membres de ce commando, qui travaillent main dans la main avec lui, recherchent-ils Olivier Flamel ? Comment pourraient-ils le soupçonner d'un meurtre qu'ils ont eux-mêmes commis ?

L'entrée de son immeuble est à quelques dizaines de mètres. En passant le coin, il sera devant l'épicerie de Kamel. Il n'a pas beaucoup de chemin à parcourir pour lever le doute.

Au diable Trakl ! Il se plaque contre le mur de l'immeuble et étudie de sa position la rue du Chemin-Vert. À première vue, rien d'anormal. Il se risque sur le trottoir et progresse lentement vers le numéro 55. Même scénario que quelques semaines auparavant, mais dans l'autre sens. Pendant un moment, ne constatant rien d'anormal, il est tenté de se redresser et d'accélérer son allure. Un bras surgit à point nommé d'une portière pour régler un rétroviseur extérieur, plus haut sur son trottoir. Olivier s'accroupit. Ils sont toujours là.

Mais qui, ils ? Il s'approche encore en longeant, côté chaussée, la file de voitures en stationnement. Enfin, il aperçoit l'intérieur du véhicule en planque. Une seule personne à la place du conducteur, sa tête est penchée. L'homme lit un magazine posé sur le volant ; il le tord parfois pour l'orienter vers la lumière diffusée par le lampadaire de la rue.

Régulièrement, il relève la tête, regarde dans le rétroviseur intérieur, puis dans celui qu'il vient de régler à l'extérieur, et enfin il balaye d'un regard morne son périmètre de surveillance. Ces vérifications automatiques effectuées, il se replonge dans sa lecture.

Olivier observe la façade de son immeuble. Aucune lumière à son étage. À l'heure qu'il est, Félix Roche compte les cyclistes sur l'écran noir de ses paupières. Une seule fenêtre reste éclairée, au premier. Chez mademoiselle Mouly, Solange de son petit nom, étudiante en seconde année de médecine, une silhouette ingrate surmontée d'une tête bien pleine, quelquefois croisée sur un palier pour un bonjour-bonsoir furtif. La bûcheuse noctambule lui donne une idée.

Il rebrousse chemin en multipliant les précautions et, quand il a quitté la rue du Chemin-Vert, se dirige vers une cabine téléphonique près du stade Pierre-de-Coubertin. Il respire en constatant qu'il lui reste assez d'unités sur sa carte. Il compose un numéro et patiente un peu pendant qu'une voix débite sur un ton monocorde la phrase d'accueil rituelle : « Vous avez demandé la police, ne quittez pas ». Une opératrice le prend bientôt en ligne.

« Bonjour, dit Olivier en imitant une voix féminine, mon nom est Solange Mouly, j'habite au 55, rue du Chemin-Vert à Boulogne et je vous appelle pour vous signaler la présence d'une personne bizarre en bas de chez moi... Oui, un homme... Il stationne devant ma fenêtre, juste devant, de l'autre côté du trottoir. Il m'observe en permanence, ça fait plusieurs heures, je ne sais pas quoi faire et je commence à en avoir ma claque. J'habite seule, vous comprenez... Non, je ne crois pas le connaître, mais si vous pouviez envoyer quelqu'un... Oui, son regard est fixé sur ma fenêtre, un vrai pot de colle ! Je vous remercie beaucoup... Combien de temps ? Très bien, je me sens déjà plus rassurée... Au revoir et merci... »

Olivier raccroche et, toujours attentif à ne pas se faire repérer, retourne près du véhicule en faction. Il profite même d'un moment de distraction du conducteur, qui échange son magazine contre un autre exemplaire abandonné sur son siège arrière, pour se couler dans l'ombre d'un décrochement de façade, à seulement dix mètres de ce qu'il identifie maintenant comme étant une Twingo. Il reste invisible, mais il pourra entendre ce qui va se dire.

Le quart d'heure de délai promis par l'opératrice du commissariat est largement dépassé quand surgit une 306 banalisée qui se range près de la Twingo. Les portes arrière s'ouvrent aussitôt, livrant passage à deux hommes qui contournent la Renault garée tandis que deux autres quittent les places avant pour la prendre en tenaille. Des cow-boys : blousons de cuir décorés d'un brassard de police, jean's, baskets. L'un d'eux tient même négligemment, à bout de bras, son tonfa réglementaire. Le premier qui atteint la portière du conducteur de la Twingo frappe à la vitre. Celle-ci s'abaisse.

« Bonsoir. Pourriez-vous descendre du véhicule et me montrer vos papiers, monsieur, s'il vous plaît ? »

La politesse de la formule contraste avec la dureté qu'affichent les visages. Olivier, qui ne perd rien de la scène, a la surprise de voir le conducteur sourire. Ce déploiement de forces ne semble pas l'inquiéter outre mesure. Il descend en prenant bien son temps.

« Eh bien ? dit-il sur un ton décontracté, qu'est-ce qui se passe ?

– Vos papiers, s'il vous plaît », se contente de répéter le policier en civil.

L'homme s'exécute et sort un portefeuille de son blouson. D'un mouvement du pouce, il l'ouvre en deux et exhibe une carte plastifiée. Le policier l'examine un instant et se détend aussitôt.

« Merde, les gars, dit-il à l'attention des trois autres, un collègue ! Tu ne pouvais pas nous prévenir ? »

Olivier se dessille.

La surprise l'a cueilli à froid.

« Qui vous a contactés ? se contente de répondre le conducteur de la Twingo.

– Une petite nana au premier, juste en face. Elle t'a pris pour un vicieux.

– Son nom ?

– Solange Mouly. »

L'autre plonge sur sa banquette et en ramène un mince dossier qu'il ouvre et pose sur le toit de la Twingo. Il le consulte, dos tourné.

« Exact, il y a bien une Solange Mouly à cet étage, dit-il en refermant son dossier et en se retournant. Vous pourrez la rassurer si elle rappelle, la police veille sur elle... »

Les quatre flics ne s'attardent pas. Le crachotement d'une radio les ramène vers leur 306. Pendant que l'un d'eux répond, le conducteur salue l'occupant de la Twingo et démarre comme pour une étape contre la montre dans un rallye.

Olivier laisse son dos glisser contre le mur et s'accroupit. Les mains dans les cheveux, il tente de comprendre les implications de sa découverte. Disparus les pitbulls du Parc, un flic les remplace. Pourtant, à chaque fois que Trakl lui a rappelé de ne pas revenir chez lui, il a invoqué la présence des kop Commandos. Pour un homme si bien renseigné, l'erreur est de taille. Qui plus est, le capitaine des RG s'était vanté d'orienter à sa guise l'enquête diligentée après la mort de Fabien D. au stade. Or les flics sont maintenant sur ses traces. Quel rôle joue Trakl dans ce changement brutal de situation ? Et pourquoi ne l'a-t-il pas averti ? Olivier a du mal à croire que Trakl ne soit pas au courant. Tout ce qui a trait aux hooligans passe par lui, ce sont ses propres paroles... S'il avait pu au moins apprendre à quel service appartient l'homme à la Twingo !

Une immense fatigue l'écrase au sol. La mort de Carl, la Thug League, les manipulations policières. Comment a-t-il pu se laisser entraîner dans cette vase qui l'aspire inexorablement ? Vase des mots, vase des actes, vase des intentions, il se débat et s'enfonce. Carl le rassurait, il entrevoyait une porte de sortie avec le soutien de celui qui possédait les codes, l'expérience et la force pour affronter ce milieu terrifiant. Mais Carl n'est plus. Et si Carl n'a pas pesé bien lourd face au président et ses amis, quelles seront ses chances ? Inexistantes.

Olivier se relève et glisse sa main dans la poche revolver de son pantalon. Ses doigts rencontrent un morceau de papier froissé. Il le sort et le déplie : un simple numéro de téléphone, tracé par une écriture raide, pleine de fractures. Olivier se mord la lèvre. La page d'agenda de Carl transmise l'autre soir près de la patinoire. En cas de pépin, appeler ce numéro de sa part, un type bien répondra.

Il respire profondément pour combattre la sensation d'abattement, qui lui donnerait presque envie d'aller trouver le flic en faction pour se livrer.

Au fond de lui, il sait qu'il n'en a pas le droit. Il faut d'abord éclaircir la situation, comprendre. Et le serment qu'il a fait à Carl mérite qu'il ne craque pas. L'homme est toujours assis dans la Twingo. Sa nuque posée contre l'appuie-tête, il semble somnoler. Olivier en profite pour quitter son recoin et rejoindre en souples enjambées la protection d'une camionnette garée un peu plus loin.

Deux minutes plus tard, il referme sur lui la porte vitrée de la cabine téléphonique puis compose le numéro inscrit sur la page d'agenda déchirée. Il est trois heures du matin. Une quinzaine de sonneries retentissent dans le vide.

Enfin, on décroche.

« Allô ? »

La voix est pleine de sommeil.

« Allô ? répond Olivier. Excusez-moi, il est tard et...

– Tôt, le coupe la voix, il est très tôt, même. Qui êtes-vous ?

– Vous ne me connaissez pas, je m'appelle Olivier, c'est Carl qui m'a donné votre numéro...

– Carl ? Carl comment ?

– Carl Roméro. Je l'ai rencontré au Virage, un bar de hooligans. Il m'a dit que je pouvais vous appeler en cas de problème. Et j'ai des problèmes.

– Vous ne croyez pas que ça aurait pu attendre ? grogne son interlocuteur. Dites à Carl que...

– Carl est mort. »

À l'autre bout du fil, le correspondant accuse le choc.

« Mort ?

– Oui, dit Olivier, il a été renversé par une voiture, mais ce n'était pas un accident.

– Comment pouvez-vous en être sûr ?

– J'étais présent. Ça s'est passé sous mes yeux. Ce n'était pas un accident.

– Où êtes-vous ?

– Porte de Saint-Cloud.

– Près du Parc des Princes ?

– Oui.

– Vous avez de quoi noter ? »

Olivier fouille dans ses poches et trouve un crayon à papier. Il défroisse du plat de la main un journal d'annonces abandonné là et relance :

« Je vous écoute.

– 361 bis, rue des Pyrénées, dans le vingtième. Il y a un Interphone. Alain Salgado. Je vous attends.

– Merci, j'arrive aussi vite que possible. »

Olivier raccroche et sort de la cabine. Une petite pluie fine s'est mise à tomber qui brouille le faisceau blanc des lampadaires. Les voitures alignées le long du square Coquoir se mettent à briller.

Il sent la pluie imprégner son sweat-shirt et l'alourdir. D'un pas lent, il se dirige vers la tête de taxis située sur la place. C'est une nuit qui n'en finit pas.

16

« BIEN DORMI ? »

Olivier sursaute et chute lourdement du canapé sur lequel il était allongé. Le choc, à peine amorti par une moquette broutée, achève de le réveiller. Il se redresse et se frotte le visage.

« Il y a du café dans la cuisine. »

La silhouette de son hôte le domine. En effet, une odeur agréable d'arabica se répand déjà dans la pièce qu'il occupe. Olivier s'étire et s'apprête à répondre, mais Alain Salgado a déjà tourné les talons et quitté la pièce.

Olivier part à la recherche des chaussures qu'il se souvient vaguement d'avoir enlevées avant de s'écrouler, ivre de fatigue, sur ce canapé, quelques minutes seulement après avoir fait la rencontre, dans la nuit, du propriétaire des lieux. Alain Salgado a tout de suite constaté qu'une discussion avec le zombie qui se présentait chez lui ne mènerait à rien. Olivier avait les yeux creusés, il parvenait difficilement à articuler, et son propos menaçait d'être incohérent. Il l'a invité à se reposer et, a reporté au lendemain la conversation prévue.

Le sommeil qu'Olivier a trouvé en fermant les yeux a été peuplé de tôles froissées et de crissements de pneus. Et là, hagard dans un salon de dimensions modestes baigné de lumière, il ressent l'impression que ce sommeil piégé s'acharne à vouloir le garder. Chaque geste l'en désincarcère. Un laps de temps assez long s'écoule avant qu'il ne reprenne ses esprits. En se chaussant, il étudie l'appartement de son hôte. Des livres partout, empilés sur des rayonnages bancals, des magazines entassés dans un coin, près d'un canapé deux places en vieux cuir craquelé. Comme égaré dans ce capharnaüm confus, un Mac Intosh éclairé par une lampe d'architecte trône sur un bureau rustique en bois décapé. Au mur, une galerie de photos en noir et blanc expose des images de guerre, de manifestations, ou encore fixe des visages creusés dont les yeux déclinent la misère du monde.

Olivier se lève et quitte le salon par un étroit couloir qui dessert l'entrée de l'appartement et la cuisine. Là, il trouve Alain Salgado attablé devant un bol de café fumant. Il prend le temps de le dévisager.

La cinquantaine, peut-être moins, cheveux longs et gris, une barbe de trois jours ombre le bas de son visage. Le portrait s'enrichit d'une paire de lunettes en écaille professorales dont les branches tordues atténuent la rigueur.

« Comment tu te sens ? lui demande-t-il.

– Pas mal, merci. J'ai dormi longtemps ?

— Cinq heures.

— D'habitude, il me faut plus pour récupérer.

— Pour dormir, il faut être détendu, et tu m'as l'air de te trimballer un sacré sac de nœuds au creux du bide. Si tu me racontais ? Qu'est-il arrivé à Carl ?

— Il a été assassiné.

— Par qui, et pourquoi ?

— C'est une longue histoire, et je ne sais même pas par quel bout la prendre.

— Par le début, ça aide. »

Olivier soupire, avale une gorgée de café bouillant et se lance, en s'attachant à respecter la chronologie des événements. Son récit s'achève sur la réunion nocturne de la Thug League.

Alain Salgado ne l'a pas interrompu une seule fois. Son visage est demeuré impassible. Lorsque le silence revient dans la minuscule cuisine, signe qu'Olivier s'en remet à lui, il se contente de se lever et se ressert un peu de café.

« Tu en veux ? » propose-t-il en pointant la cafetière sur son invité.

Celui-ci refuse en secouant la tête. La réaction tarde à venir. S'agit-il de froideur ou d'indifférence ?

« Carl m'a dit que vous pourriez m'aider...

— Peut-être... »

Olivier fronce les sourcils et, comme s'il se réveillait pour de bon, fixe Salgado.

« Vous êtes qui, au fait ? Comment avez-vous connu Carl ?

— Il serait temps que tu t'en inquiètes ! réplique

l'autre en souriant. Étant donné les individus que tu fréquentes, un peu de méfiance te serait utile.

– Vous répondez toujours à côté quand on vous pose une question ? »

Alain Salgado se raidit imperceptiblement.

« Mon métier consiste à faire parler, pas à répondre. Mais puisque tu insistes pour le savoir, je suis journaliste.

– Où ça ?

– Partout. Je suis free-lance, je vends mes reportages au plus offrant. C'est d'ailleurs à l'occasion d'une enquête sur le milieu hooligan que j'ai rencontré Carl. »

Olivier se détend un peu. Il se rend compte que, depuis le début de la conversation, il ne parvient pas à tutoyer Salgado. L'homme en impose par sa réserve naturelle et la force qui se dégage de ses gestes calculés. Son attitude présente des parentés avec celle de Trakl, la fourberie en moins.

« C'était il y a trois ans environ, poursuit le journaliste. Des nazillons avaient infiltré les supporters du PSG...

– Déjà ?

– Oui. J'ai mis à jour les méthodes d'infiltration de ces crânes rasés et la direction du club a été mise en demeure de nettoyer ses tribunes du fumier qui commençait à s'y déposer. Les manieurs de batte, skinheads pour la plupart, ont été sommés de dégager, et ils ont rejoint les groupuscules d'extrême droite qui les avaient téléguidés au milieu des tribunes.

– Carl ?

– Non. Lui, c'était autre chose. En approchant les agités du kop de Boulogne, j'ai soulevé une grosse pierre ; un tas d'autres insectes dangereux grouillaient dessous. Carl était un hooligan pur et dur, mais il était brisé. Aussi incroyable que cela puisse paraître, on a sympathisé.

– Je ne trouve pas ça incroyable...

– Il revenait de Sardaigne, un de ses amis y était resté.

– Je suis au courant.

– Alors, c'est qu'il t'avait à la bonne. J'ai réussi à le convaincre de se retirer. Mais ce que tu m'apprends m'incite à croire que cette victoire n'était que temporaire.

– Vous vous trompez. Il s'était vraiment retiré. Il zonait juste à la frontière, en observateur distant. S'il a repris des contacts, c'était pour me rendre service. »

Olivier se penche sur sa tasse pour dissimuler son trouble. Cette idée le frappe comme une évidence : d'une certaine façon, il est responsable de la mort de Carl.

« C'était un grand garçon, souffle Salgado comme s'il avait deviné ses pensées. Ne t'accables pas, s'il n'a pas vu venir le danger, c'est qu'il était de taille. Il a le droit d'être vengé.

– Vous allez m'aider ?

– Dans la mesure de mes moyens, oui. J'ai gardé des contacts dans le milieu, ils pourront être utiles. Ce qui m'intrigue, dans ton histoire, c'est le rôle du capitaine des Renseignements généraux. Comment s'appelle-t-il, déjà ?

– Trakl.

– J'ai un peu de mal à le situer. Ce qui prouve qu'il est à sa place au poste qu'il occupe... Il a eu l'air d'insister pour que tu ne repasses jamais chez toi, on dirait. Tu n'aimerais pas savoir pourquoi ?

– Si, bien sûr.

– Alors, je ne vois qu'une façon. »

Salgado pose sa main sur l'épaule d'Olivier et exerce en passant près de lui une légère pression.

« On y va ? »

17

En plein jour, Olivier retrouve une rue du Chemin-Vert plus familière et plus rassurante. Apparence trompeuse. Assis dans la Laguna du journaliste, au moment où celle-ci la remonte à allure réduite, il constate que la Twingo de la police stationne toujours en face de sa porte d'entrée, avec, au volant, un inconnu qui a pris la relève.

Alain Salgado poursuit, passe l'épicerie du père de Kamel et tourne en direction des cabines téléphoniques situées près de Coubertin.

« On va refaire un tour, annonce-t-il en bifurquant ensuite dans l'avenue Édouard-Vaillant. Tu connais du monde dans ton immeuble ?

– Quelques locataires, oui.

– Leurs noms ?

– Solange Mouly, au premier, la famille Perez, au cinquième, en dessous de chez moi, et, sur mon palier, la porte en face, Félix Roche.

– Des relations privilégiées avec certains d'entre eux ?

– Avec Félix Roche. Je lui fais ses courses et, de

temps en temps, on boit un apéro ensemble. C'est un petit pépé extra.

– Parfait. »

La Laguna, qui achève son tour, pointe pour la seconde fois son capot rue du Chemin-Vert. Une centaine de mètres avant la Twingo, le journaliste la range sur un bateau et coupe le moteur.

« On va attendre un peu, dit-il en caressant de la paume le sommet de son volant. Si la chance nous sourit, on pourra se rapprocher un peu. »

Pendant le quart d'heure où la chance fait grise mine, leur conversation évoque la figure de Carl. À écouter le journaliste, Olivier mesure à quel point Carl marquait les esprits. Il y avait en lui une douleur enfouie qui semblait lui donner une épaisseur inhabituelle et le doter d'un grand pouvoir de fascination. Sur sa demande, et sans exiger aucune contrepartie, il avait aidé le journaliste dans son enquête, pris quelques risques. La dette que Salgado avait contractée envers lui, plus encore que la probable excitation du journaliste qui flaire la piste d'un bon article, expliquait sans doute qu'il accepte aussi vite de s'investir aux côtés d'un inconnu lui téléphonant au milieu de la nuit.

Salgado s'interrompt soudain au milieu d'une phrase et sa main se pose sur la clé de contact. Le moteur de la Renault ronfle aux ordres.

« Le coup de chance ! » dit-il simplement.

Une camionnette effectue plusieurs manœuvres pour s'extraire de la place qu'elle occupe juste devant le numéro 55.

« Je vais me garer à sa place et occuper le flic un court instant. Je laisse la vitre ouverte. Quand tu m'entends prononcer le mot "horodateur", tu sors et tu files dans le hall en vitesse. Je te rejoins au sixième. S'il m'intercepte, ce qui est probable, je lui dirai que je rends visite à mon oncle, Félix Roche. Il n'aura pas de raison de se méfier. Penche-toi, on arrive ! »

Olivier obéit. Le front plaqué contre le vide-poches, il essaye d'imiter le sang-froid du journaliste, mais ça coince. Les risques qu'ils prennent ne sont pas non plus du même ordre. S'il est repéré, il se retrouvera chez les flics avec une accusation de meurtre sur le dos. Pour le moment, il ne possède ni nom, ni preuve du complot qui se trame aux portes de l'Euro. Et ce n'est pas en garde à vue qu'il pourra les réunir.

Salgado sort. Olivier tend l'oreille. Le journaliste a certainement contourné la Twingo pour accoster le policier du trottoir, l'obligeant à détourner son attention de la porte d'entrée.

« Excusez-moi ! Vous n'auriez pas la monnaie sur cinquante francs ? Je suis sûr que l'horodateur n'accepte ni les billets, ni les chèques. Et il se trouve que... »

Olivier n'écoute plus, il a ouvert sa portière, l'a refermée doucement et il franchit les quelques mètres qui le séparent de chez lui. Le dos collé au battant intérieur, il respire un grand coup et traverse le couloir pour gagner la cage d'escalier. Étrange impression que celle de pénétrer chez soi comme un voleur.. Il grimpe les marches quatre à quatre et se retrouve bientôt devant la porte de son appartement. Là, il reprend son souffle. Si tout se passe comme prévu, Salgado ne devrait plus tarder.

Tout s'est passé comme prévu. Sifflotant, le journaliste signale sa présence en bas. Il appelle l'ascenseur, sans doute pour s'assurer, le temps qu'il arrive, qu'il n'a pas été suivi par le flic. Une minute plus tard, il se présente au sixième. Olivier a déjà glissé sa clé dans la serrure et ils pénètrent ensemble dans le deux-pièces.

Immédiatement, Olivier se rend compte que des visiteurs les ont précédés. Une odeur de tabac froid flotte dans l'entrée, la table basse est légèrement décalée par rapport au poste de télévision et, surtout, elle croule sous un tas de magazines qu'il n'y a jamais déposés. À ses côtés, Salgado est en arrêt, comme un setter flairant une piste. La réaction de surprise d'Olivier ne lui a pas échappé.

« Un truc qui cloche ?

– Plutôt, oui... »

Olivier franchit la distance qui le sépare de la table basse et se penche sur la pile de périodiques. Papier recyclé, pour la plupart d'entre eux.

Il les étudie un instant, ce qui suffit pour en deviner le contenu.

« *Ultra Mag, Kar Nord, Tribune Rouge, KopWeiller, FootKrieg, Foot and Honour,* énumère-t-il en passant les titres en revue.

– Des fanzines de hooligans, explique Salgado qui fouine dans son coin. Productions européennes. Tu es amateur ?

— Je ne savais même pas qu'ils existaient.

— Ce sont des feuilles de chou qui narrent les "exploits" de leurs auteurs, recensent les paroles des chants à reprendre dans les tribunes, ce genre de prose fascinante... Des manuels pratiques à l'usage de pois chiches. Pas d'autre intérêt que sociologique. C'est à toi, ça ? »

Olivier se retourne vers le journaliste, qui brandit une musette abandonnée entre le meuble bas qui supporte une batterie de cassettes vidéo et le mur.

« Non. »

Salgado soulève le rabat et fouille le sac. Il en sort un coup de poing américain, un foulard noir et deux citrons qu'il dépose à ses pieds. Replongeant sa main au fond du sac, il pêche une dizaine de pièces de monnaie qu'il étale de l'index au creux de sa main.

« Le nécessaire du parfait hooligan, déclare-t-il après examen. Le poing américain pour les dégâts maximum en combat rapproché, le citron pour atténuer l'effet des gaz lacrymo... »

Olivier, troublé, contemple le butin rassemblé au sol. Salgado prend une pièce entre deux doigts et la soulève pour en examiner la tranche à la lumière de la fenêtre.

« Biseautée à la perfection, conclut-il. Ces malades passent les bords à la meuleuse ou à la lime pour en faire des armes de jet redoutables. C'est autrement plus dangereux que les bouteilles d'urine qu'ils balancent quelquefois sur leurs adversaires... »

Il fixe le locataire de l'appartement.

« On dirait que des personnes mal intentionnées sont venues chez toi dans l'intention de te charger à plein. Si, après une petite visite dans ces lieux, les flics n'en concluent pas que tu es un hooligan de la pire espèce, c'est qu'ils ont appris leur boulot en visionnant en boucle l'intégrale des épisodes de *Julie Lescaut.*

– Je n'y comprends plus rien, lâche Olivier en se frottant la nuque d'un air las.

– Qui a intérêt à te mouiller ?

– À part le kop Commando, je ne vois pas.

– Ça se tient. S'il te mènent la chasse, ils peuvent vouloir justifier ultérieurement leur action auprès des flics en accumulant sur toi les preuves de ta culpabilité. Leur traque vengeresse prend alors tout son sens.

– Ouais... C'est une débauche d'énergie assez étrange, non ? Pour un bénéfice qui laisse à désirer.

– Je suis d'accord. Tu devrais explorer ta chambre, nous ne sommes peut-être pas au bout de nos surprises. »

Olivier suit le conseil et se rend dans la seconde pièce. Apparemment, rien ici ne semble avoir été dérangé. Il ne se contente pourtant pas d'un coup d'œil superficiel et passe l'endroit au peigne fin. Sa démarche se révèle vite fructueuse. En soulevant son matelas, il y déniche un objet qui n'aurait pas dû s'y trouver. Un objet qui, même, n'aurait dû se trouver nulle part. Pâle, il s'empresse de le ramener au journaliste qui continue à inspecter la pièce principale.

« C'est quoi ?

– Facile à deviner ! »

La découverte d'Olivier échoue dans la main de Salgado.

« Bel objet, dit-il en le soupesant. C'est un Trenchknife M 3, le poignard en vogue dans l'armée US pendant la Seconde Guerre mondiale. Rondelles de cuir comprimées par une garde de tôle emboutie, manche cylindrique... »

Il lève la tête et sourit. Le visage incrédule d'Olivier appelle une explication.

« J'ai effectué un reportage chez les marchands qui accumulent les armes de guerre dans leurs guérites des Puces de Saint-Ouen. Ce poignard est coté chez les nostalgiques des boucheries au corps à corps. Je parie que la largeur de la lame correspond à la blessure relevée sur le cadavre du Parc des Princes. Cette fois, aucun doute n'est permis. Tu as des amis qui tiennent à t'enfiler un tee-shirt sur lequel est inscrit : "Je suis le coupable, arrêtez-moi !" »

Il pose le poignard sur la table basse, près des fanzines, et poursuit :

« J'ai trouvé une collection d'articles de presse relatant l'événement dans un des bouquins de ta bibliothèque. La totale. À se demander s'ils n'en font pas un peu trop. »

Une sueur glacée perle soudain au front d'Olivier. L'atmosphère de la pièce est devenue subitement irrespirable. Car il vient de réaliser que le mauvais film auquel il assiste le place en haut de l'affiche.

« Qu'est-ce qui m'arrive, bordel ! grince-t-il entre ses dents serrées.

– Des ennuis en pagaille. Il faut filer, maintenant ! »

Olivier désigne d'un geste large le fatras qui a envahi son appartement.

« Et qu'est-ce que je fais de tout ça ?

– Tu le laisses en place. Si quelqu'un nous surprend en sortant d'ici, tu auras l'air de chercher à dissimuler des preuves qui t'accablent. Le pire scénario possible ! Crois-moi, ne touche plus à rien. Tirons-nous ! »

Olivier se précipite vers la porte mais se fige aussitôt.

« Ce n'est plus le commando qui me surveille, mais la police. Pourquoi ne monte-t-elle pas ? Si des soupçons pèsent sur moi, ils doivent leur permettre d'obtenir le droit de perquisitionner ! Les preuves sont là, ils n'ont plus qu'à les cueillir !

– Ils ignorent sans doute qu'elles sont là, ces fameuses preuves. Ne panique pas, il doit y avoir une explication. Le plus urgent, c'est de ne pas moisir ici. »

Salgado pousse presque Olivier sur le palier et referme doucement derrière lui.

« Elle était fermée à clé ?

– Oui, dit Olivier.

– Alors, ferme à clé. Ceux qui nous ont précédés ne doivent pas savoir que nous sommes passés. »

Olivier obéit et emprunte ensuite les escaliers, le journaliste sur ses talons. En atteignant le rez-de-chaussée, il perçoit un bruit qui le fait sursauter. Il se retourne et, d'un coup d'épaule, entraîne Salgado vers le recoin sombre situé en arrière de la cage d'ascenseur, sous la première volée de marches. Coincés par les poussettes qui l'encombrent, ils retiennent leur souffle. Quelqu'un est entré, Olivier ne s'était pas trompé en croyant entendre la clenche électrique de la porte en chêne qui donne sur la rue. Un regard à travers la grille verte lui offre le visage du conducteur de la Twingo. Celui-ci attend l'arrivée de l'ascenseur, un pli soucieux lui barre le front. Il tient à vérifier la fable que lui a servie Salgado, se dit Olivier, il va sonner chez Félix. Un bon flic.

L'ascenseur finit par arriver. Un instant après, il emporte le policier vers le dernier étage de l'immeuble.

« Vite », souffle Olivier en se précipitant vers le hall d'entrée.

L'air tiède du printemps les happe sur le trottoir. D'un pas alerte, ils rejoignent la Laguna du journaliste et s'y engouffrent comme pour une répétition de hold-up.

La voiture enfile la rue du Chemin-Vert avant que le policier ne réapparaisse. Elle se perd dans le trafic de la porte de Saint-Cloud.

18

TOMMY GUNN soulève ses paupières. L'enseigne de l'Hôtel Lutétia cuit sous le soleil ardent qui baigne le Pas-de Calais. Mains sur les hanches, il scrute la place de la République.

Pile à l'heure, adossés aux capots de leurs voitures, par groupes de deux ou trois dispersés sur le parking, les joueurs sont là et ne le quittent pas des yeux. Il hoche la tête et se détourne pour rejoindre l'impasse qui longe l'hôtel. Lentement, dans son dos, les joueurs déplient leurs squelettes, s'étirent pour chasser la fatigue du trajet et convergent à pas lents dans son sillage. Une minute plus tard, ils sont réunis autour de l'Anglais. L'un d'eux reste posté à l'entrée de l'impasse pour surveiller la place.

La ville de Lens est quadrillée par des CRS qui se préparent à la rencontre Écosse-Danemark prévue dans le cadre de l'Euro. Le dispositif est allégé, ce n'est pas un match classé à haut risque, étant donné la sportivité généralement placide des supporters de ces deux pays, mais il ne faudrait pas que l'équipe se fasse bêtement repérer par un Robocop méfiant. Une sentinelle préviendra ce risque. Aucune fenêtre de l'hôtel ne donne sur cette impasse réservée aux livraisons ; ils ont une demi-heure de tranquillité, d'après les conclusions de l'Anglais, qui loge ici depuis deux jours déjà.

Il a descendu un sac de sport de sa chambre et l'a posé au pied d'un mur souillé de marques sombres. Il fait jouer la fermeture et en sort une poignée de foulards, d'écharpes et de casquettes qu'il jette en vrac par terre.

« Servez-vous ! dit-il. Ils proviennent de plusieurs clubs, le Celtic, Hibernian, Kilmarnock et puis Motherwell, je crois. Restez sobres, un accessoire par personne. On doit se fondre dans la masse de ces abrutis, pas se faire remarquer ! »

Mâchoires soudées, les membres de l'équipe au grand complet s'exécutent. Piochant au hasard, ils se coiffent de casquettes criardes ou posent sur leurs épaules une écharpe aux couleurs écossaises. Le reste de leur tenue est d'un classicisme élaboré : pantalons de toile, tee-shirts, chaussures souples. Leur physique semble taillé dans le même moule. Pas de gras adipeux dans le groupe, ni d'adeptes de la gonflette survitaminée, que des morphologies de bagnards tailleurs de cailloux, des filins de cordage tendus sous la peau en guise de muscles. Les pupilles brillent comme un métal passé au feu. Ainsi rassemblés, difficile de voir en eux de paisibles supporters écossais. Mais leur accoutrement va de pair avec l'éclatement de l'équipe, programmé en approche du stade Félix-Bollaert.

« Allons-y ! » ordonne Tommy Gunn.

Il hèle la sentinelle :

« Thomas ! Prends un foulard, toi aussi, et décroche vite ! »

Le groupe quitte l'impasse et se disperse aussitôt dans plusieurs directions. Chacun d'entre eux a étudié l'itinéraire qui doit le mener au stade. Ils ont pour consigne, et pour habitude, de se mêler à de vrais supporters pour passer les grilles d'accès sévèrement contrôlées par la police qui procède à des fouilles au corps et cherche à repérer les trublions potentiels. Tout risque de s'y faire retenir est à l'avance quasiment écarté : ils ont l'haleine eau de source, ils seront souriants et se plieront de bonne grâce aux requêtes des forces de l'ordre.

Les publics danois et écossais convergent en masse vers le stade. Des visages peints en rouge et barrés d'une croix blanche lancent des défis joyeux à des hordes de costauds en kilt. Les poissons-pilotes de Tommy Gunn s'y glissent à l'unité, ils commencent à serrer leurs poings en prévision de leur apocalypse, un échauffement progressif, leurs veines drainent un compte-gouttes d'adrénaline qu'ils contrôlent à grand-peine, l'action ne devant pas démarrer avant la fin de la rencontre, plus précisément au moment de l'évacuation du stade.

Tommy Gunn colle à une famille danoise, le père, la mère et les deux ados boutonneux. Ses yeux froids captent dans la foule la silhouette de Hans Moeller, un membre de l'équipe de Lothar. Déjà croisé lors d'un match de Coupe d'Europe disputé à Upton Park, un West Ham-Hambourg de bonne facture. L'ICF avait coursé les Allemands dans les ruelles crasseuses entre Green Street et Upton Lane. Il avait vu Hans Moeller résister à quatre lascars de la Firme, et pas des tendres. L'arrivée des bobbies l'avait empêché de s'en occuper lui-même. Leurs destinées se croisent aujourd'hui. Bien.

L'Allemand ne l'a pas vu. Il pourrait presque se glisser derrière lui et lui briser la nuque, mais les règles de la Thug League sont strictes : pas d'affrontement avant le coup d'envoi. En tous les cas, les Allemands sont au rendez-vous. Tommy savoure l'excitation qui le gagne. Sa force, sa colère, son énergie se rassemblent en un magma fluide qui se répand dans son ventre et ses membres, grimpe jusqu'à sa nuque, pénètre chaque fibre de ses muscles. L'appel du sang et du chaos lui arrache un sourire auquel, trompé sur sa nature, répond à deux pas, dans la foule qui grossit, le clin d'œil du vieil Écossais qui l'a surpris.

« We're gonna win[1] ! lui annonce-t-il en levant un poing ridé vers le ciel encore bleu.

– Sure ![2] » lui répond l'Anglais en dévoilant un large sourire carnassier.

Ils ne parlent pas du même match.

Le petit vieux prend la direction des tribunes sud. Tommy s'en écarte et change de groupe, se mélangeant à une dizaine d'Écossais braillards qui se dirigent

1. « On va gagner ! »
2. « Bien sûr ! »

vers l'entrée de la tribune Élie-Delacourt. C'est là que l'équipe doit se retrouver. Chaque membre a sa place en poche ; que des achats dispersés, paiements en liquide. Pour que les flics leur mettent la main dessus, il faudra qu'ils les serrent tout à l'heure, quand la fête commencera. Ils n'auront pas d'autre chance.

Ses pas l'ont mené jusqu'aux grilles d'accès. Il passe entre deux rangées de flics détendus et se laisse porter par la foule jusqu'aux escaliers. Un jeu d'enfant. Sa place est située au deuxième niveau.

Il a toujours aimé dominer la situation.

Il respire à fond.

Ça approche...

19

OLIVIER AVALE la dernière bouchée de son sandwich. Il a vérifié plusieurs fois que le plastique d'emballage était enlevé, le doute revenant à chaque étape de la dégustation.

Assis sur le rebord d'un bac à fleurs de la place Marcel-Sembat, il examine pour la millième fois sa situation ; l'impensable enchaînement des catastrophes. Il a cédé à Trakl après le meurtre du Parc car il était persuadé, au fond de lui, que son implication serait, sinon décisive, du moins brève. Et puis rien ne s'est déroulé comme prévu. Il a vécu un assassinat en direct, se retrouve victime d'un complot obscur, poursuivi par la lie du foot quand ce n'est pas par les flics.

Son seul espoir réside dans la présence, à ses côtés, de Salgado.

Celui-ci n'a plus donné de nouvelles depuis vingt-quatre heures. Après leur visite rue du Chemin-Vert, il l'a déposé à son hôtel en lui annonçant qu'il mettait entre parenthèses son travail actuel pour s'engager à fond sur son affaire. Mais qu'il allait lui falloir un peu de temps pour renouer les contacts avec les personnes capables de le renseigner efficacement, en particulier dans la police. Il a noté sur un calepin le nom de tous ceux avec qui Olivier avait tissé des relations avant de l'abandonner à son triste sort.

Un triste sort qui écrase ses épaules comme s'il portait une chemise en plomb. Nulle part où aller, personne à contacter. Kamel est probablement surveillé, Félix Roche plus que jamais depuis qu'on a découvert qu'il n'avait pas de neveu à cheveux gris, et il n'est pas question de quitter Paris tant que Trakl ne lui en aura pas donné l'autorisation.

Trakl !

Olivier réalise qu'il n'a pas encore transmis son rapport au capitaine des Renseignements généraux ! La réunion de la Thug League est pourtant d'une importance capitale. C'est la présence d'un flic en bas de chez lui qui l'a conduit à reporter son coup de téléphone. Que faire ? Faut-il lui en parler ou non ? L'interroger ? Si la planque a été organisée par Trakl, il n'appréciera pas d'être mis en situation délicate de devoir se justifier. Car, pour le découvrir, il aura fallu que sa recrue boulonnaise passe outre ses consignes. Pourtant, Trakl est le seul à pouvoir tout expliquer.

Olivier se lève et passe devant la vitrine d'un Mac Donald's bondé. Il s'engage dans le boulevard Jean-Jaurès. Envie de se dégourdir les jambes.

L'air de juin est doux, chargé de pollen. Aux façades des immeubles, de nombreuses fenêtres sont ouvertes. L'une d'elles diffuse à l'extérieur le son d'un téléviseur branché sur un match de foot. Olivier distingue, derrière le bavardage des commentaires, le braillement des supporters, entrecoupé de mugissements de cornes et de concerts de tambourins. Des relents de Parc des Princes lui tisonnent les entrailles. Plus jamais ! Il ne veut plus jamais rejoindre ces hordes, côtoyer les guerriers du foot. Il ne peut plus.

Il poursuit son chemin. Une cabine téléphonique se présente. Il hésite quelques secondes et se décide à pousser la porte vitrée.

Trakl répond à la troisième sonnerie.

Des révélations ? Où êtes-vous ? Il y a un café à l'angle de la rue Georges-Sorel, on s'y retrouve dans un quart d'heure.

Olivier raccroche. La partie continue.

Olivier a choisi une place telle qu'il imagine que le capitaine les affectionne : discrète, isolée. Attaquée au cutter, la banquette tire une langue marron sous laquelle moutonne un crin sale. Une porte saloon qui donne accès aux toilettes bat derrière lui, ventilant dans le périmètre, au gré des allées et venues, un parfum subtil de détergent et d'urine. Un boudoir des plus romantiques... Il a commandé un café et fixe l'entrée du bistrot.

Trakl s'y présente bientôt. Coup d'œil circulaire, il l'aperçoit et fonce droit sur lui.

« Comment allez-vous ? » demande-t-il distraitement en se glissant au fond de la banquette, face à Olivier.

Il s'assoit de travers, le bras sur le dossier, pour ne pas tourner complètement le dos à la salle. Sans attendre la réponse à sa question, de pure forme, il poursuit :

« La fête a commencé. Pour l'Euro. Ce soir se dispute la seconde rencontre de poule à Lens. Vous êtes au courant ?

– Vaguement. »

Trakl tique.

« Vous devriez l'être davantage. Pas d'incident à l'issue de la première, alors que l'équipe de France était engagée. C'est encourageant. Nos hooligans hexagonaux ont l'air d'avoir snobé cette compétition.

– Ne criez pas victoire trop vite. »

Le capitaine fronce un peu les sourcils. Il avance son visage vers Olivier, en naja tranquille, comme pour capter à la source les informations qu'il s'apprête à recueillir.

« Oui ? le relance-t-il.

– J'ai assisté à une réunion secrète au Parc des Princes, l'autre soir, et j'ai cru comprendre qu'y participaient des représentants de tout ce que l'Europe compte de pire en matière de hooligans. Des stadiers constituaient leur garde rapprochée. Le président de ce club est un Français. J'ignore son nom. Un de ses complices occupe un poste important au Parc, probablement dans le domaine de la sécurité, si j'en juge par le choix de l'endroit. Il s'appelle Pascal, mais je n'ai pas pu avoir son nom.

– Pascal, vous dites ? fait Trakl en lissant ses moustaches de l'index. Ce doit être Pascal Radiguet. C'est bien le responsable de l'officine de sécurité auquel le

Parc a confié la charge d'encadrer les rencontres. Avant de tenir ces fonctions, il contrôlait une bande de fanatiques du PSG, à la faculté de droit d'Assas, qui maniaient volontiers la barre de fer contre tout ce qui était bronzé dans les tribunes du Parc. Puis il a pris d'autres responsabilités dans le kop de Boulogne avant d'être interdit de séjour par la précédente équipe de surveillance. Il a disparu de la circulation, puis a signé son retour par la grande porte en s'imposant à la tête de son entreprise à l'expiration du contrat de ses prédécesseurs.

– Je suis persuadé qu'il facilite la tâche à ces tarés.

– Probable. On l'a embauché pour ça. Tant que les incidents se déroulent en dehors de l'enceinte du stade, le club peut s'en laver les mains. Et les autres ? Vous m'avez parlé d'une réunion...

– Oui. Enfin, j'ai des prénoms seulement : Lothar, Luca, Ronnie, Frank, Filip. Et un dernier, Tommy. Celui-là, c'est l'assassin du Parc.

– Comment pouvez-vous en être si sûr ?

– Je l'ai reconnu. Grand, mince, des cheveux en brosse. Il appartenait à l'Inter City Firm, le gang de West Ham. Il signe ses crimes par une carte à jouer laissée sur le cadavre, un as de pique. »

La bouche de Trakl s'arrondit, comme s'il allait émettre un sifflement d'admiration, mais il se contente de souffler bruyamment.

« Dites donc ! s'exclame-t-il, vous commencez à m'impressionner ! Vous en savez des choses ! Et vous avez lu ça dans le marc de café ?

– Je tiens ces renseignements d'un ami. Les récents rapports de police vous apprendront qu'il a été victime d'un chauffard, place Jules-Guesde, et qu'il est mort. Je pense que c'est ce Tommy qui l'a tué. Parce qu'il s'approchait de leur cercle...

– Hé là ! Hé là ! ricane le capitaine des Renseignements généraux, ne nous emballons pas ! Nous parlons de timbrés qui ne pensent qu'à se faire casser les dents autour des stades, pas de la mafia calabraise !

– Je ne plaisante pas ! le coupe Olivier, hargneux. Je vous dis que mon ami a été tué ! J'ai tout vu !

– Comment s'appelait-il ?

– Carl Roméro.

– Je vérifierai, dit Trakl, qui a sorti un calepin de sa poche intérieure et griffonne des notes hâtives sans cesser de le regarder. Parlez-moi de cette réunion.

– J'ai l'impression que les types présents mettaient sur pied une sorte d'internationale des hooligans. Chacun d'eux représentait un pays et ils ont procédé à un tirage au sort. Comme s'ils programmaient des rencontres.

– Tiens donc !

– Oui. Celui qui s'appelle Ronnie, l'Anglais, il a tiré la Bulgarie, et le président français, l'Écosse.

– L'Écosse joue ce soir... »

Il retrousse la manche de sa veste et regarde sa montre.

« ... Enfin, ils ont fini. Ont-ils donné les règles de leur compétition ?

– Ils semblaient la connaître. La question n'a pas été abordée.

– Vous vous souvenez de l'intégralité du tirage ?

– Oui. »

Olivier le récite de mémoire au capitaine, qui prend des notes.

« Bien, dit celui-ci. Vous n'auriez rien oublié ?

– Si. Ils ont parlé de paris clandestins.

– Pardon ? »

Olivier jurerait avoir vu blêmir le capitaine. Mais cette impression ne dure pas. Trakl laisse la pointe de son crayon en suspens sur son calepin et le transperce du regard.

Olivier précise.

« Le président a mis sur pied un système de paris qu'il centralise, chacun des membres de la Thug League – c'est le nom de leur “association” – ayant à récolter les fonds dans son propre pays.

– Très étonnant... marmonne le capitaine en plissant les yeux. Nous sortons du cadre de nos activités. Cette évolution est surprenante. Je ne regrette pas mon affectation, on ne s'ennuie pas, avec ces oiseaux-là ! »

Il se recule et mord son crayon.

« Vous avez fait un excellent boulot, mon cher Olivier, reprend-il d'un air satisfait, vraiment ! Il nous reste à découvrir la nature du jeu auquel vont se livrer ces équipes et nous pourrons agir rapidement pour les mettre hors d'état de nuire. Pour moi, ça sent la promotion, et pour vous la fin des ennuis... »

La sonnerie de son portable l'interrompt. Il sort l'appareil de sa poche :

« Trakl, oui ? »

Une minute s'écoule sans qu'il interrompe son correspondant. Alors qu'Olivier se décolle de sa banquette pour amorcer son départ, il l'arrête d'un geste.

« Combien d'arrestations ? Parfait ! Gardez-les-moi au chaud. Je veux les voir... Merci, à bientôt... »

Trakl range son téléphone, pose ses coudes sur la table et joint l'extrémité de ses doigts.

« On me signale des incidents à Félix-Bollaert, à Lens, dit-il d'une voix presque gourmande. Une terrible bagarre a opposé deux groupes de hooligans mêlés aux supporters danois et écossais au moment de l'évacuation du stade. Il y a de nombreux blessés parmi la foule, une dizaine de CRS sont restés sur le carreau et, plus intéressant, on a ramassé par terre sept Allemands et deux Français. La voilà, leur compétition ! Le président a tiré l'Écosse, n'est-ce pas ? Je suppose que... »

Il consulte son calepin et relève la tête.

« ... le dénommé Lothar emmène l'équipe allemande dans le sillage des Danois. C'est parfait, tout ça !

– Qu'est-ce qui est parfait ? s'étonne Olivier, qu'une grave menace pèse sur tous les matchs de l'Euro ? Je ne vous suis pas.

– Réfléchissez ! Au prochain match des Écossais, qui aura lieu dans quatre jours au Parc des Princes, nous pourrons mettre la main sur toute la fine équipe ! Ils ignorent que nous connaissons à la fois leur mode opératoire et leur calendrier, ça va être du gâteau ! À ce propos, j'aurai un dernier service à vous demander avant de vous rendre à votre vie boulonnaise : celui d'assister à ce match.

– Il n'en est pas question !

– Il en est au contraire fortement question, je n'ai personne d'autre que vous pour identifier l'auteur du premier meurtre. Vous vous arrangerez pour le repérer et vous le désignerez aux hommes que j'infiltrerai dans les tribunes. Ensuite, ce sera à nous de jouer. N'oubliez pas que son arrestation vous disculpera… »

Olivier ne bronche pas. Il contemple son vis-à-vis, ce visage plein, à travers les minces verres ces yeux noirs comme portés par des poches de fatigue, et il essaye vainement de le sonder. Ce qu'il découvre, c'est un cynisme serein. Qu'il puisse ne pas en réchapper ne l'effleure même pas. Du moins cette hypothèse ne pèse-t-elle rien dans ses décisions.

Le capitaine Trakl ne vaut pas mieux que ceux qu'il traque. Il est juste du bon côté de la loi.

« Vous recevrez un billet à votre hôtel, avec des instructions ; en particulier l'endroit où vous attendront mes hommes. Ensuite, nous irons ensemble au commissariat où je vous ai empêché d'entrer lors de notre première rencontre et nous mettrons un terme définitif à vos embêtements. »

Embêtements… Pas un terme qui lui serait venu à l'esprit. Olivier regarde le capitaine s'extraire péniblement de sa banquette. C'est à son tour de l'arrêter d'un geste.

« Pourquoi la police surveille-t-elle mon domicile ? Vous m'avez assuré que les gorilles qui ne me lâchent pas depuis le meurtre du Parc appartenaient au kop Commando. »

Le capitaine des Renseignements généraux reste debout près de la table, le menton planté dans la poitrine pour reboutonner sa chemise. Sans lever la tête, il demande :

« Vous êtes retourné chez vous ?

– Oui, avec un ami.

– Et il y aurait un policier en bas ?

– Oui. Une voiture de la Brigade anticriminalité a vérifié ses papiers. C'est un flic.

– Et vous en concluez ?

– Rien. J'attends que vous m'expliquiez.

– Si, voyons ! Vous en concluez que je vous ai menti, n'est-ce pas ?

– Pourquoi ? Vous m'avez menti ? »

Trakl le gratifie d'un demi-sourire.

« La police ne PEUT pas vous surveiller, car si c'était le cas, elle aurait agi sur mes indications. Or je n'ai même pas évoqué votre existence, ni donc le rôle que vous tenez dans mon dispositif. La discrétion est la pierre angulaire de mon travail.

– Alors, qui est ce type ? »

Le capitaine, qui a fini de se rhabiller, sort une cigarette brune de sa veste et l'allume tranquillement. Sa réponse flotte dans un nuage de fumée bleue.

« Un hooligan du kop Commando, comme je vous l'ai affirmé depuis le début. Vous croyez que casseur de tribunes, c'est un métier ? Ces gens-là ont une vie en dehors des bastons, ils sont chauffeurs de bus, mécaniciens, représentants, chefs d'entreprise, que sais-je encore… Alors, pourquoi pas flic ? Nous en avons repéré un, un lieutenant qui sévit dans un commissariat du XIXe et se donne le frisson de bavures interdites dans le périmètre des stades. On l'a à l'œil. »

Trakl savoure son effet avant de conclure, en professeur sermonneur.

« Vous devriez me faire confiance, mon cher Olivier, ça vaudrait mieux pour vous. Je ne suis pas votre ennemi. »

Sur ces paroles, le capitaine tire d'un coup sec sur le revers de sa veste et, sur une légère inclination de la tête, prend congé.

Olivier joue un moment du bout des doigts avec la soucoupe de sa tasse de café. Un flic hooligan. C'était donc ça ! Simplement ça ! La révélation de Trakl a l'avantage de rendre à sa situation sa simplicité initiale : la présence d'un flic en tant qu'enquêteur brouillait tellement les cartes qu'elle réduisait presque à néant, dans son esprit, ses chances de s'en tirer sans trop de casse.

Soudain, un détail lui revient, qu'il a enregistré lors de la réunion de la Thug League au Parc. Interrogé par l'un des membres venus de l'étranger, le président a avoué à mots couverts qu'il bénéficiait d'une protection de la police dans ses actions. Trakl se méfie-t-il assez de ce lieutenant ? Il est peut-être bien placé pour fournir des renseignements utiles à la clique de casseurs qu'il seconde. Une taupe chez les flics… En familier de ces pratiques, Trakl ne peut qu'avoir envisagé cette possibilité. Au besoin, il le lui demandera à leur prochaine rencontre.

À leur ultime rencontre, plutôt, car le cauchemar touche à sa fin.

À cet instant, l'espoir devrait renaître. Sans aller jusqu'à léviter, Olivier devrait sentir l'étau sur sa poitrine se desserrer, il devrait se sentir soulagé. Mais rien de tout cela. Son cœur le bat froid. Un petit sac de sable qui reçoit des coups de poing.

Quatre jours et c'est fini.

Fini pour qui ?

20

SUR LA DROITE, un bar dont le flanc est recouvert d'anciennes publicités pour apéritifs dans lesquelles des silhouettes de femmes évaporées clignent des seins. Un couple y sirote un irish coffee en épluchant l'*Officiel des spectacles*. Guillaume Safran le délaisse pour rejoindre la salle du fond.

Dans un coin, relativement isolée des autres moniteurs, une place est libre. Il s'y installe, lance le moteur de recherche et consulte le site d'un hebdomadaire national en commandant une coupe de champagne au serveur qui s'est approché de lui. Lorsque ce dernier l'a servi, il interrompt sa consultation et tape dans la fenêtre supérieure de l'écran l'adresse électronique de son site web.

Le CyberClub est situé derrière les Champs-Élysées ; c'est un établissement élégant et discret tenu par des pionniers de l'Internet en libre service. Le président de la Thug League s'y rend parfois, mais il prend bien garde de n'avoir ses habitudes nulle part. D'autres lieux équivalents ont reçu sa visite au cours des derniers mois. Son site personnel est accueilli par un fournisseur américain, la connexion en pareil lieu est garantie anonyme. Impossible de remonter jusqu'à lui.

Il positionne ses doigts au-dessus du clavier et commence à taper.

Les rencontres de poule de la Thug League se sont achevées.

Voici les résultats.

Écosse-Danemark, 2 à 7. Écosse vainqueur.

Portugal-Bulgarie, 4 à 3. Bulgarie vainqueur.

Autriche-Pologne, 5 à 2. Pologne vainqueur.

Aux trois qualifiés d'office s'ajoutera le meilleur perdant, le Portugal.

Le tirage au sort de la demi-finale, effectué ce jour, annonce les rencontres suivantes :

Portugal-Pologne

Écosse-Bulgarie

Les paris sont ouverts à vos bureaux habituels.

Vive le foot !

Guillaume Safran se déconnecte, règle son champagne et sort du cybercafé.

Parvenu sur le trottoir, il chausse une paire de lunettes de soleil et se dirige vers sa BMW, garée à quelques mètres de là. Il consulte sa montre. Il lui reste une vingtaine de minutes avant le rendez-vous, ce sera amplement suffisant : la rencontre est prévue à l'agence, avenue des Ternes.

Il enclenche la première et déboîte, savourant au

passage le ronflement du moteur. D'une pression de l'index, il baisse la vitre. Un air tiède s'engouffre dans l'habitacle.

Ses prévisions étaient justes, il arrive même avec un peu d'avance. Tommy Gunn est déjà installé quand Guillaume Safran pénètre dans son bureau. Un léger hématome sur sa pommette gauche signe le souvenir de son escapade à Lens.

« Comment ça va, Tommy ? lance Guillaume Safran d'un ton enjoué.

– Bien.

– J'espère que tu es en forme, parce que la demie, c'est pour demain !

– L'équipe est en forme.

– Elle a intérêt ! Je mise un gros paquet de fric sur ce coup-là. »

Il s'installe à son bureau et branche l'ordinateur. Bientôt, il accède à l'un de ses comptes société et constate en souriant que de fortes sommes y ont été virées.

« Parfait ! »

Puis, s'adressant à l'Anglais.

« Après une ponction de 15 % sur le total des sommes engagées pour frais de fonctionnement et le calcul des gains que nous aura apportés notre victoire, je pourrai tirer un bilan positif de l'opération. Mais je compte beaucoup sur la finale pour frapper un grand coup, si je puis dire... »

Il glousse à son bon mot. Tommy Gunn ne réagit pas.

« Détends-toi ! le gronde presque le président de la Thug League en se levant de son fauteuil. Ce sont plutôt de bonnes nouvelles, non ?

– Oui.

– Tu sais que c'est un plaisir de discuter avec toi... »

L'homme de main ne bronche pas. Le trait ironique glisse sur lui comme la pluie sur les ailes d'un canard.

Guillaume Safran se place derrière lui et pose une main sur son épaule.

« Au fait, comment vont les blessés ?

– Rien de méchant. Manuel a une côte cassée et Luc a juste été sonné. Ils ont déjà été relâchés, mais il ne faudra pas compter sur eux pour demain.

– J'ai lu que ceux de Lothar s'en étaient moins bien sortis.

– Oui. »

Une ombre de sourire passe sur les lèvres de l'Anglais. Du contentement.

« Tu as fait du bon boulot. Le moral est bon dans l'équipe ?

– Au beau fixe. Ils ont trouvé Lens géant. On gagnera.

– Il faut d'abord battre l'équipe de Ronnie.

– Je pourrais les battre seul. »

Safran éclate de rire et tapote l'épaule de l'Anglais.

« Je préfère t'avoir avec nous que contre nous, Tommy. »

Il rejoint la porte de son bureau et se retourne :

« On y va ? »

Ils sortent de l'agence.

Posant un pied sur le trottoir, Tommy Gunn demande :

« C'est le flic, qu'on va voir ?

– Oui. Il vient chercher son enveloppe. C'est un bon investissement. Grâce à lui, on a eu les coudées franches. Suis-moi, je l'attends dans la BMW. »

Ils se dirigent vers la grosse cylindrée noire garée près de là. Tommy s'installe au volant tandis que Guillaume Safran prend place à l'arrière.

L'attente est de courte durée. La portière arrière s'ouvre bientôt.

Lourdement, avec un gémissement sonore et dans un froissement de tissu, le capitaine Trakl échoue sur la banquette.

21

« ALORS, SAFRAN, comment marchent les affaires ? »

Le capitaine des Renseignements généraux prend ses aises. Ses mains posées à plat semblent palper le cuir noir de l'assise pour en apprécier la souplesse.

« Bien, capitaine, je vous remercie. Et de votre côté ?

– Je n'ai pas à me plaindre. Au volant, c'est qui ? »

Tommy Gunn, qui a laissé nonchalamment un bras reposer sur le levier de vitesse, ne se retourne ni ne bronche.

« Je vous présente le capitaine de l'équipe de France ! lance Guillaume Safran pompeusement.

– Un Anglais capitaine de l'équipe de France ? se gausse Trakl. Vous êtes impayable !

– Dans notre domaine, nous nous contentons d'appliquer les règles qui ont cours dans les clubs de championnats nationaux. Les mercenaires sont les bienvenus.

– D'accord, dit Trakl sans cacher son agacement

devant ce qu'il considère manifestement comme des enfantillages. Je vous dirai, pour aller vite, que je me fous complètement de votre équipe !

– Je comprends, glisse Safran en coulant sa main sous sa veste, vous serez sans doute plus intéressé par ceci. »

Il sort une enveloppe rembourrée qu'il tend au capitaine d'un geste assuré. Celui-ci la cueille et la déchire d'un mouvement du pouce. Elle contient une liasse de billets, qu'il ne prend pas la peine de compter.

« Tout y est ? demande-t-il.

– Oui. L'intégrale des frais qu'exige votre protection bienveillante.

– Ma protection ? grogne l'autre en inclinant la tête, presque menaçant. Vous dévaluez mes services, mon cher. Je ne me suis pas contenté de vous protéger ! J'ai détourné l'attention des services de police, que vos exactions commencent à rendre nerveux, soit dit en passant ; je vous ai renseigné sur les dispositifs mis en place autour des stades, leur déploiement, leurs effectifs, leurs points faibles, et je vous ai même livré un de mes hommes, en gage de confiance ! »

Il se penche et croise les bras sur le siège passager pour s'adresser à Tommy Gunn.

« Tu t'en es sacrément bien occupé, l'Anglais !

– Du calme, le tempère un Guillaume Safran que la dernière phrase prononcée rend brusquement inquiet et méfiant. Personne ne nie l'importance de votre collaboration. Et, pour votre homme, il fallait bien que vous nous donniez un gage de bonne foi. Mais vous êtes rétribué en conséquence. Alors, où est le problème ? »

Trakl se carre à nouveau dans son siège et croise les mains sur son ventre.

« Pourquoi ne me parlez-vous pas de vos paris clandestins ? »

Safran encaisse, mutique, la question-uppercut. Son masque modelé par les civilités forcées disparaît, révélant l'autre Safran, comme se déplie la lame d'un cran d'arrêt. Il réfléchit longuement avant de reprendre le fil de la conversation.

« De quoi parlez-vous ?

– Ne me prenez pas pour un imbécile, répond Trakl sur un ton aussi las que navré, vous feriez une erreur que les rares personnes qui l'ont commise regrettent encore. Je suis au courant de votre ingénieux appel de fonds. Les paris clandestins financés par des milliers de fanatiques dans votre genre, dans les principaux pays de l'Europe hooligane, vous assurent une rente plus que confortable. La nouvelle ne m'a pas vraiment surpris. Je me doutais que derrière votre Thug League ne se cachait pas seulement un amour immodéré du désordre et de la violence, mais qu'un autre motif la pilotait. Combien avez-vous ramassé ?

– Celui qui vous a informé sur le projet de la Thug League ne vous a pas suffi, il a fallu que vous placiez un autre informateur... »

Trakl éclate de rire.

« Bien sûr ! Qu'est-ce que vous croyez ? Que j'allais vous faire confiance ?

– S'agissait-il de Carl Roméro ?

– Malheureusement pour vous, non. Place Jules-Guesde, vous avez liquidé quelqu'un qui n'avait rien à voir avec moi. C'est encore toi qui t'en es chargé, l'Anglais ? »

Aucune réaction de Tommy Gunn, qui ne se retourne même pas. Il sait que Guillaume Safran aime conduire les entretiens en solo.

« C'est pourtant le seul qui nous a tourné autour, poursuit le patron en guettant les réactions de Trakl.

– Je veux vingt pour cent. »

Les paupières de Safran se plissent à demi. Pupilles de crotale, chargées de venin.

« Ne soyez pas trop gourmand...

– Vous commencez à m'emmerder, s'empourpre Trakl, je ne suis pas venu pour négocier, va falloir vous fourrer ça dans le crâne. Vingt pour cent, à prendre ou à laisser !

– Sinon ?

– Safran... Gardez vos menaces pour vos petits copains à tête d'œuf. J'ai pris mes précautions et vous le savez très bien. Monsieur Guillaume Safran, né le 13 juillet 1968 à Enghien, terminale D à l'institut La Fontaine, études médiocres, père responsable de clientèle à la banque Worms, membre actif d'un groupe de crânes rasés dès l'âge de 17 ans, de tous les mauvais coups au Parc des Princes, jamais arrêté, travaille dans une agence immobilière de l'avenue des Ternes, propriétaire d'une BMW immatriculée 986 GRL 75... Je continue ? C'est moi qui mène le jeu, alors faites vos comptes rapidement, qu'on en finisse ! »

Les maxillaires du président se contractent sporadiquement. Il ravale la lave qui bouillonne en lui et tente de respirer avec calme. Lorsqu'il s'estime capable de ne pas écrabouiller la tête de Trakl sous ses poings, il reprend.

« D'accord. Vous toucherez vingt pour cent de mes propres gains sur l'ensemble des paris clandestins. Le reste de l'argent ne fait que transiter sur mes comptes. Vous les toucherez après la finale.

– Bien.

– ... Mais à une condition. »

Le capitaine sourcille et attend la suite.

« Je veux le nom de votre indicateur, et je le veux maintenant.

– Hum. »

Trakl fait mine de peser sa décision. Elle était pourtant prise avant que le rendez-vous ait lieu. Il savait que Safran ne supporterait pas d'avoir été doublé, et qu'il lui faudrait sacrifier des pions pour lui permettre de retrouver la face.

« Il s'appelle Olivier Garchine, Olivier Flamel de son vrai nom.

– Le type dont vous nous avez demandé de surveiller l'appartement ?

– Lui-même. »

Les phalanges de Safran blanchissent. La lave à l'intérieur menace encore de déborder. Il se contrôle avec peine.

« Qui est-ce ?

– Un pauvre type qui s'est trouvé au mauvais endroit au mauvais moment. Au Parc quand votre Anglais a poignardé mon agent, pour être précis.

– Il l'a vu ?

– Oui.

– Ce qui explique que vous soyez au courant... Si c'était votre homme, pourquoi nous avoir demandé de déposer chez lui toute cette paperasse et le poignard ?

– Ma part du contrat consistait à vous éviter des ennuis. S'il refusait ma proposition, il faisait un coupable idéal pour le meurtre de mon lieutenant. J'appelais mes collègues de la Criminelle et ils débarquaient chez lui pour ramasser la mise.

– Il aurait pu repasser chez lui.

– Je me suis arrangé pour que ça ne se produise pas. Et, après le départ de vos hommes, j'ai mis un des miens sur le coup. Ce garçon s'est montré plus efficace encore que je ne l'espérais. Il a traîné au Virage, sympathisé avec Carl Roméro, et appris grâce à lui ce qui m'est aujourd'hui très utile pour réclamer mon dû.

– Et en ce moment, où est-il ?

– Pas question de le coincer là où il se trouve. Je veux pouvoir contrôler la situation. Il sera demain au Parc des Princes, secteur R1 rouge, pour identifier l'Anglais. C'est du moins ce qu'il pense. Si vous devez lui remettre le compteur à zéro, profitez de la petite fête que vous avez préparée. Vous avez tout intérêt, comme la première fois, à ce que je sois aux commandes de l'enquête qui s'ensuivra.

– Et vous, tout intérêt à ce qu'on vous débarrasse d'un témoin gênant. Pour la seconde fois. »

Trakl sourit.

« Disons que nos intérêts coïncident. »

Il pose la main sur la poignée d'ouverture de la portière.

« Si vous jouez franc jeu jusqu'au bout, Safran, vous ne le regretterez pas. Mais ne vous avisez pas de vouloir me doubler... »

Il ouvre la portière. La voix de Guillaume Safran arrête son geste.

« Ce Garchine, comment on le reconnaît ?

– Il portera une casquette rouge. »

Le capitaine s'extrait en soufflant de la BMW et ferme doucement derrière lui. Il sait qu'à l'intérieur, il y a deux hommes qu'un simple bruit de portière qui claque pourrait faire exploser.

22

« DIETER MELKE n'a que dix-sept ans. Inscrit dans un lycée technique de Malzahn, un quartier gris de barres HLM dans la banlieue de Berlin-Est, il entame sa deuxième année d'apprentissage de monteur en électronique. Comment ce jeune garçon, bien connu du responsable de la commission des hooligans de Berlin pour être un pilier du Sport-Café, le repaire des supporters extrémistes du Hertha BSC, et répertorié dans la catégorie C des hooligans les plus dangereux, comment a-t-il pu se retrouver à Lens aux abords du stade Félix-Bollaert où se déroulait une rencontre qui n'intéressait pas l'Allemagne, c'est la question à laquelle devront répondre les enquêteurs qui se penchent sur les conséquences des affrontements qui ont marqué la fin du match opposant l'Écosse au Danemark dans le cadre d'un Euro qui voit se multiplier les incidents imprévisibles. Cette réponse risque d'être longue à venir puisque le jeune homme n'est toujours pas sorti du coma dans lequel il est plongé depuis les violences qui ont marqué l'évacuation du stade. »

Olivier referme *Le Parisien* et le roule pour le remettre dans la poubelle où il l'a pêché quelques instants auparavant. Le quotidien date un peu, mais l'article garde pour lui toute son actualité.

À travers la vitre de la cabine téléphonique que son occupante tarde à libérer, il entrevoit un pan du Parc des Princes, comme un poulpe échoué dans un aquarium trop grand pour lui. Un frisson de déjà-vécu lui descend l'échine. Il s'approche de la cabine et danse d'un pied sur l'autre en signe d'impatience. Salgado a laissé plusieurs messages à la réception de son hôtel. À chacun de ses appels, Olivier a raté le coche. Il a déambulé dans Boulogne pour se diluer dans l'image des autres et de leurs vies si sereines. Le réceptionniste, qui était couché lorsqu'Olivier est rentré la veille, ne les lui a transmis qu'un peu avant son départ pour le stade. Le dernier l'invitait à contacter le journaliste à son domicile entre dix-huit heures et dix-huit heures trente. « Très important », a inscrit le préposé de l'hôtel en bas de sa feuille. Il est dix-huit heures vingt-cinq et la demoiselle démêle avec une rivale supposée de complexes histoires de rendez-vous manqué avec un certain Michel à la Scala.

Olivier trépigne. La jeune fille lui jette un regard en coin.

« Bon, je dois te laisser, crache-t-elle dans le combiné en montant un tantinet le volume de sa voix, y'a un emmerdeur qui me tanne, dehors. Je te rappelle. »

Olivier lui ouvre la porte pour activer la manœuvre et se rue dans la cabine, où flotte encore un parfum de laque pour cheveux. Il se pince la lèvre inférieure en comptant les sonneries. Heureusement, le journaliste répond présent.

« Salgado ? C'est moi, Olivier.

– Qu'est-ce que vous foutiez, bon sang ? J'ai cherché plusieurs fois à vous joindre !

– Je sais. On ne m'a fait part de vos appels que tout à l'heure. Vous vouliez me dire quoi ?

– J'ai repris mes contacts, et appris certaines choses. Vous n'allez pas en revenir. Le mort du Parc des Princes, présenté par toute la presse comme un supporter ultra du PSG, c'était un flic des Renseignements généraux ! Un certain Fabien Daume, lieutenant de son état. Il appartenait à la cellule du capitaine Trakl, votre parrain d'équipée sauvage.

– C'est impossible !

– Impossible, mais sûr et certain. Trakl a expliqué à ses collègues que Daume effectuait une mission d'infiltration et qu'il a été pris dans une rixe entre hooligans. Les risques du métier. Sa veuve a dû apprécier l'expression.

– Pourquoi ne me l'a-t-il pas dit ?

– Vous lui poserez la question. Par ailleurs, ce personnage semble susciter une certaine méfiance au sein de son administration. Une enquête interne a même été diligentée il y a deux ans, sans résultat. Trakl, qui travaillait alors à la section financière, a été soupçonné de détournement de fonds. Les preuves n'ont jamais pu être réunies. Détail qui a son importance, c'est Fabien Daume qui était à l'origine de l'enquête.

Il travaillait déjà avec Trakl et avait remarqué le comportement suspect de son supérieur. Il avait envoyé une note au siège des RG. Je ne serais pas surpris que Trakl ait eu vent de l'identité de son dénonciateur. Depuis qu'il a rejoint les sections de recherche opérationnelle, il s'est fait un peu oublier. Pour moi, le fait que vous n'ayez de contact qu'avec lui, et jamais avec l'un de ses adjoints, m'a franchement paru étrange. Qui surveille cet homme ? Il faut savoir que les méthodes qu'il a employées avec vous s'apparentent à un recrutement forcé d'informateur et que c'est strictement interdit depuis une bonne vingtaine d'années. Vous devriez vous en méfier comme de la peste.

– Vous en avez de bonnes ! Il me tient !

– Je vais tenter d'alerter la Préfecture de police. Chez eux, vous n'existez pas. Je vais aussi en référer au siège des RG, où quelqu'un préviendra le directeur. D'ici là, pas d'écart ! »

À travers la vitre, Olivier pose son regard sur le mastodonte bétonné qui avale déjà, au loin, des files de supporters enthousiastes. Sa place est là-bas, ce soir. Carl a pris pour lui des risques qu'il a payés cher. Son meurtrier vaque à ses massacres en toute quiétude. Le temps joue pour lui.

« Je suis devant le Parc, explique Olivier. L'assassin de Carl se trouvera dans les tribunes. Il faut que j'y aille.

– Vous êtes devenu fou ?

– Je serai prudent. Je dois juste identifier ce type, Trakl m'a promis qu'il s'en chargerait.

– Puisque je vous répète que ce flic n'est pas clair !

– C'est un risque à courir. »

Un court silence prend le relais.

« Salgado ?

– Je suis toujours là, espèce de bourricot borné ! Où serez-vous ?

– Secteur R1 rouge de la tribune Boulogne.

– Au milieu de la ménagerie. Bonne idée ! Je vais essayer de venir. Pas seul.

– Entendu.

– Pas d'initiative avant qu'on se retrouve !

– Comptez sur moi. »

Olivier raccroche et sort de la cabine.

Autour de lui, l'esplanade respire la liesse. Des Écossais peinturlurés créent l'ambiance. Une rangée de géants embouchent leurs cornemuses et marchent sur le stade, éventés par une haie de drapeaux bulgares. Beaucoup de Français se joignent au défilé, qui tiennent à être de la fête et qu'attire le beau spectacle qu'ont offert sur la pelouse les deux équipes pendant les matchs de qualification. Farcis d'énergumènes joyeux et démonstratifs, les supporters des deux camps se mélangent dans une foule anonyme qui se dirige calmement vers les entrées, canalisée par les classiques rangs de CRS du premier district et des escadrons de gendarmes mobiles. Olivier note qu'ils sont plus nombreux que lors du match PSG/Nancy, de triste mémoire. Le commandement général tient cette fois à prévenir les débordements.

Il longe le flanc du Parc.

Alignement de camionnettes grises derrière lesquelles se harnachent les compagnies en réserve. Avant d'atteindre le lycée Claude-Bernard, Olivier distingue la silhouette massive du capitaine Trakl, qui l'attend devant le porche. Le policier l'accueille d'un signe de tête discret.

« Alors, Flamel, en forme ?

– Ça peut aller.

– C'est le grand soir, non ? Voilà comment nous allons procéder : vous vous installez dans les tribunes Boulogne, comme prévu. Elles vous sembleront étranges car, pour l'occasion, des supporters bulgares y ont été placés. Donc, la collection de crânes rasés ne sera pas complète sur les étagères ! »

Olivier s'arrache un vague sourire de politesse. Ce qui se dégage de Trakl lui donne la nausée.

« Avant que ne se termine la seconde mi-temps, un de mes hommes viendra vous accoster. Vous lui désignerez alors le meurtrier et nous le coincerons à la sortie du stade avant qu'il ne fasse des siennes. Il vous faudra donc mettre à profit le temps du match pour le repérer.

– Le stade est grand...

– Oui, mais notre homme sera quelque part dans la tribune Boulogne, tout comme vous.

– Comment le savez-vous ? »

Trakl a un léger mouvement de recul. Il palpe ses poches en quête de son paquet de cigarettes.

« Savoir, c'est mon job ! Je ne suis pas là pour vous présenter l'organigramme de mes services mais pour vous sortir du bourbier. »

Olivier soutient le regard du capitaine et opine silencieusement.

« Je trouverai l'Anglais. Mais votre adjoint, comment me trouvera-t-il, lui, dans ces tribunes bondées ?

— Remarque judicieuse. J'ai prévu un accessoire. »

Il passe ses bras dans son dos sous sa veste et ramène la casquette rouge qui était coincée dans sa ceinture.

« Mettez ça ! Rien de tel qu'un gyrophare flamboyant pour attirer l'œil d'un fonctionnaire de police. »

Cette autre plaisanterie rejoint la première dans une flaque d'indifférence. Olivier n'est pas d'humeur à rire, surtout avec lui.

« On s'est tout dit, je crois, ajoute Trakl. Il me reste à vous souhaiter bonne chance. Avec votre témoignage, l'Anglais ne sera pas près de sortir de la cellule où on va le coller dans quelques heures...

— Espérons. »

Olivier tourne les talons et s'engage dans la rue Claude-Farrère pour contourner le Parc par le nord. Même itinéraire que lors de sa première virée. Il tourne devant l'entrée des officiels et poursuit jusqu'à la tribune Boulogne.

L'entrée est rendue difficile par la foule et les contrôles tatillons exercés par le service de sécurité mis en place. Olivier passe le barrage et accède bientôt aux tribunes.

Il est déjà aux aguets. Ils sont là. Quelque part. Isolés. Ils connaissent leur partition. Infiltration, puis regroupement. Le leader battra le rappel par téléphone mobile et, quand il aboiera ses consignes, la meute se rassemblera pour un déchaînement insensé.

Le secteur rouge a troqué ses tissus habituels contre les bandes blanc, vert, rouge de l'étendard bulgare. Olivier a du mal à le reconnaître. Seules touches familières, des groupes d'abonnés du PSG qui occupent leur terrain au milieu des invités. Imperméables aux circonstances, ils arborent en intrus les couleurs minoritaires de leur club. Aussi miscibles dans ces tribunes que des gouttes d'huile dans une bassine d'eau claire.

« Olivier ! »

Bertrand lui fait de grands signes par-dessus une brochette de têtes bulgares installées près du muret qui domine la pelouse. Jimmy le relaye en l'apercevant à son tour. Olivier leur sert une bouillie de mouvements exprimant son impossibilité à les rejoindre. Il montre la partie haute des tribunes et multiplie les signes de regrets sincères en commençant à grimper l'escalier. Pas question de se coltiner les Brigades. Il doit rester maître de ses mouvements.

Il trouve une place en bout de rangée, à mi-hauteur, poste d'observation idéal, rabat l'assise du siège et se concentre. D'abord les nouveaux arrivants. Il fixe chaque silhouette expulsée par l'accès situé en contrebas dans l'espoir de tomber sur le meurtrier. Il n'a rien oublié de son visage tranchant.

Son attente se prolonge, l'énervement le gagne, il ne reconnaît personne. Accaparé par sa tâche, il n'a pas mesuré le temps écoulé. Un tonnerre d'applaudissements éclate soudain dans le stade, les joueurs pénètrent sur le terrain. L'écran géant dévide des pubs pour les sponsors et des résumés des matchs de qualification. Les drapeaux se font des signes d'une tribune à l'autre. Un silence relatif, que troublent évidemment les Brigades, qui beuglent des provocations gratuites, marque la succession des hymnes. Puis l'arbitre siffle le début du match.

Olivier se lève. Il transpire sous la visière de sa casquette rouge sang. La tribune est pleine à craquer, l'Anglais est là, il doit le repérer, trouver une méthode. Il décide de descendre et de balayer du regard chaque rangée tout en faisant mine de suivre le déroulement de la rencontre.

Il commence.

Au bout d'une demi-heure, la sueur l'oblige à s'éponger régulièrement le front. Toujours rien. La chaleur. L'ambiance. Et s'il lui échappait ? Il poursuit, la gorge sèche, s'arrête entre chaque rangée pour regarder la pelouse sans la voir, au cas où son manège intriguerait. Un stadier lui a déjà demandé s'il avait perdu quelque chose. Son ventre se tord comme un gant, il aurait dû manger un morceau avant d'entrer au stade.

Son champ de vision accroche un mouvement. Deux silhouettes se découpent sur le vert des pelouses, elles traversent les tribunes par le bas pour rejoindre le côté où il se trouve. Les gars fixent le bout de leurs chaussures, enjambées martiales. Ils passent à deux mètres des Brigades, Jimmy pousse du coude Bertrand et les montre du doigt en lui glissant quelques mots à l'oreille. Le cœur d'Olivier cesse de battre.

Il les suit jusqu'au moment où ils attaquent sa rangée d'escalier, droit sur lui. Le premier des deux lève les yeux, Olivier croise son regard...

Il s'apprête à se retourner quand il sent une pointe se loger au creux de ses reins et une main se poser sur sa clavicule. Une haleine de bière se colle à son cou.

« Tu vas me suivre », murmure une voix tout près de lui.

Olivier regarde par-dessus son épaule. Une mèche de cheveux blonds filasse, un profil de lame coupante. Ses jambes manquent céder. Les deux autres sont déjà sur lui.

« Olivier ! l'apostrophe le premier, quelle surprise ! On va boire un coup ? »

La pointe du couteau accentue sa pression. Olivier creuse ses reins, il n'a pas d'autre choix que celui d'obéir.

« Tu peux me tenir ça, s'il te plaît ? » reprend la voix sur sa nuque.

Une main passe devant lui. Elle tient entre deux doigts un as de pique.

Il a trouvé l'Anglais.

23

OLIVIER réfléchit à toute allure. Une fois qu'il aura quitté les tribunes, ses chances de s'en sortir s'évanouiront. Les hooligans dénicheront un coin tranquille pour le supprimer. Comment ont-ils pu l'identifier ?

Trakl. La casquette.

Les images se bousculent, le rictus satisfait du capitaine des Renseignements généraux, le regard de l'Anglais, la carte à jouer qui danse encore devant ses yeux.

Il la prend. Tourne la tête. Ils sont à hauteur d'un groupe d'Écossais bruyants qui sifflent un vilain tacle bulgare sur l'un de leurs attaquants.

Olivier les interpelle et hurle.

« Hey, Scotties, you bastards[1] ! »

Une trogne ahurie se dévisse dans sa direction. Le couteau perce son tee-shirt mais Olivier insiste.

« Fuckin' bastards, the whole of you ![2] »

1. « Hé ! les Écossais, vous êtes des bâtards ! »
2. « De foutus bâtards, tous ! »

Les Écossais se dévisagent un instant mais ils décident en commun de graduer leur réaction. C'est-à-dire qu'ils bondissent comme un seul homme sur Olivier, les poings levés.

La mêlée est immédiate et confuse, les Écossais ne faisant pas le détail parmi le quatuor venu sous leur nez les insulter. Olivier évite la charge d'un premier agresseur qui atterrit sur les gros bras venus pour l'escorter.

Il ne sent plus la pointe du poignard. L'Anglais est aux prises avec les renforts de l'avant-garde écossaise. Olivier en profite. Il dévale les escaliers pendant que bondissent de leurs sièges les vaillants représentants des Brigades rouge et bleu, et il se rue vers l'accès tribune.

Le stadier, attiré par les échos de la bagarre, le regarde débouler sans réagir.

Olivier passe devant la porte des toilettes et débouche sur la coursive, près du débit de boissons qui se prépare au rush de la mi-temps. Son cœur saute dans sa poitrine comme s'il voulait en sortir.

Gérer la panique.

Et puis une apparition.

Soufflant comme un phoque, Salgado surgit en haut des marches conduisant à la sortie. Il est accompagné d'un homme en blouson beige porteur d'un brassard de police au bras droit.

« Par ici ! » hurle Olivier.

Salgado l'aperçoit et sprinte jusqu'à lui.

« Qu'est-ce qui se passe ? demande-t-il.

– L'Anglais est là, le meurtrier du flic des RG, l'assassin de Carl, dans les tribunes… »

Puis, à l'adresse du lieutenant qui se tient près du journaliste :

« Il est blond, 1 mètre 85, blouson de cuir gris. Attention, il est armé, un poignard… »

Immédiatement, le policier fonce vers les tribunes, crachant des informations incompréhensibles dans le talkie-walkie qui écrase ses lèvres. Salgado le suit. Un peu en retrait, Olivier l'imite.

À son passage, la porte des toilettes s'ouvre à la volée, une main lui empoigne les cheveux tandis que le tranchant d'une longue lame vient se poser sur sa glotte.

« Je t'ai dit de me suivre… »

L'Anglais halète, il a collé sa bouche contre la tempe d'Olivier.

En un éclair, le bras qui tient l'arme disparaît et l'extrémité de la lame vient piquer sa nuque.

« Avance ! »

Moitié marchant, moitié trébuchant, Olivier s'exécute. L'Anglais le mène près d'un pilier. Un stadier surgit des escaliers, l'Anglais l'appelle.

« S'il vous plaît ! »

Puis, quand l'autre n'est plus qu'à deux pas, il se décale d'un cran pour montrer la lame pointée sur Olivier.

« Ta veste, vite, ou je le plante ! »

L'autre met un certain temps à réagir. Le regard affolé d'Olivier le convainc de la réalité de la menace.

Il tombe la veste rouge et recule, hypnotisé par les reflets lancés par le poignard.

« Fous le camp ! » ordonne l'Anglais.

D'une bourrade, il jette ensuite Olivier à terre puis il le chevauche en plantant ses genoux dans le creux de ses reins. D'une main, il ramasse la veste. Lorsque le poids qui lui écrase le dos s'allège, Olivier se relève, pour sentir à nouveau une pointe lui entailler le cuir chevelu.

Olivier essaye de s'humecter les lèvres, mais sa langue frotte sur un buvard. L'Anglais est devenu un stadier qui conduit un fauteur de trouble vers la sortie.

Des pas retentissent, une file de CRS casqués heurtent le sol en béton de leurs bottes renforcées. Le grabuge dans les tribunes a été signalé, la cavalerie entre en scène.

L'Anglais les évite et pousse Olivier à marcher d'un bon pas. La promenade s'étire en longueur. On s'éloigne de la tribune Boulogne. Ils empruntent des escaliers, des couloirs, passent des portes, l'Anglais connaît le Parc dans ses moindres recoins. Il a dû préparer des itinéraires de repli en cas de problème. Ils croisent des dizaines de personnes, journalistes bardés de caméras, responsables divers en costume-cravate équipés d'oreillettes, stadiers, CRS de pelouse en survêtement. Mais personne ne leur prête attention. Olivier devine que le poignard est en partie dissimulé dans la manche de la veste fluo.

La balade les mène dans les entrailles du Parc, un réseau de couloirs blanchis aux néons aveuglants. À l'extérieur, étouffée, répercutée par le tunnel, ils perçoivent un rugissement ; l'une des deux équipes a marqué.

Alors qu'ils s'approchent des vestiaires des joueurs, l'Anglais opte pour un couloir de délestage plus étroit, boyau où semble se terrer un fragile silence, loin de la folie ambiante. Il intime à Olivier l'ordre de stopper devant une porte. Un trousseau de clés sort de sa poche, il ouvre de sa main libre.

« Entre ! »

Un coup de pied dans le dos le propulse à l'intérieur. Il entend la porte se refermer et, à genoux, étudie la pièce. Environnement familier. Espaliers, appareils de musculation, sac relié par une chaîne au plafond, cordes à sauter pendues à des crochets contre un mur. Une salle de boxe.

Au-dessus de la glace qui occupe un pan de mur, il remarque un écusson du PSG Omnisport.

« On n'est pas bien, ici ? »

L'Anglais tourne comme un fauve autour de lui. Il s'est déjà débarrassé de sa veste en la jetant au fond de la salle. Il ôte aussi son blouson, qu'il laisse choir sur ses talons. Le poignard donne l'impression qu'il a un bras plus long que l'autre. Il marche. Olivier note qu'il postillonne en parlant.

« Je vais m'occuper de toi, Flamel ! Avec ton copain, ça a été trop court, je n'ai pas eu le temps d'en profiter, mais toi, je vais te déguster ! »

Olivier se met debout et remue la tête pour assouplir son cou.

Il gonfle ses poumons et enchaîne de courtes respirations. Détendre le diaphragme.

Pas de technique, pas de technique, les coups simples qui portent, les enchaînements de base...

« Quel pied ça a été de me farcir cette ordure de flic ! Une pourriture d'espion. Et toi, t'es le témoin, le seul. On peut dire que t'as pas de bol. »

C'est un combat comme un autre. Se préparer mentalement. L'adversaire est sérieux. Un vrai combat.

« J'adore ce que je fais. Je m'appelle Tommy Gunn. »

Il a cessé de tourner. Olivier lui fait face. L'Anglais s'est fléchi, il tend sa lame devant lui comme s'il voulait l'offrir. En trois pas rapides, il s'élance. Olivier recule, le poignard coupe en deux l'espace qu'occupait sa tête l'instant d'avant, le face-à-face reprend, rompu par d'autres assauts déjoués au millimètre. Sur une attaque frontale, Olivier esquive vers l'intérieur et saisit le poignet armé. Il imprime une torsion en assurant sa prise à la naissance du pouce, l'Anglais accompagne le mouvement en cherchant de l'autre main à atteindre ses yeux. Olivier bloque son coup en soulevant l'épaule et s'acharne. Le poignard tombe au sol. D'un coup de pied, Olivier l'éjecte hors de la zone de combat. Mais l'Anglais en profite pour se libérer et enchaîne deux crochets courts qu'Olivier encaisse en titubant. Il ne sent pas la douleur, juste le goût du sang qui lui remplit la bouche. Lucide, il assure sa position entre l'Anglais et son arme.

Le tueur de l'ICF avance à nouveau. Olivier le cueille avec un direct, il tente un balayage qui déstabilise à peine son adversaire, détend sa jambe pour un chassé puissant. Tommy Gunn grimace, mais il en faut plus pour l'abattre. Il prend ensuite l'initiative, essaye de saisir Olivier aux oreilles, cherche la fourchette aux yeux, lance des coups de genoux qui n'atteignent que les cuisses ; il exulte dans le pugilat massacreur, casse les distances. Olivier se protège le visage, vacille sous les chocs qu'absorbe son ventre. Son souffle court crache une pluie rouge sur le tee-shirt de l'Anglais qui, au contraire de lui, semble nourrir sa force du combat, monter en puissance. Ses yeux le disent, ils brûlent d'une joie féroce, la souffrance n'est rien qu'un matériau de combustion. Olivier penche le buste, lance son bras tendu comme une faux de muscles et d'os au hasard vers ce visage froissé et son cubitus s'écrase sur la glotte de Tommy Gunn. Les coups cessent de pleuvoir. L'Anglais se tient la gorge, asphyxié, le regard étonné, déçu. Olivier ferme le poing et décoche un direct à la pointe de son menton, tout son corps suit, la frappe est sèche, précise. L'Anglais pivote et s'écroule. Ne bouge plus.

Olivier vacille un moment, les bras ballants, s'attendant à voir se relever ce corps allongé, le plateau du manège commence sa rotation, les murs de la salle filent, plus vite, de plus en plus vite. Il pose un genou à terre et vomit sa bile sur le parquet dans un râle de peine et de souffrance mêlées.

Lorsque le manège se stabilise, il se redresse. Ses lèvres lui font l'effet d'avoir doublé de volume. Il s'approche de l'Anglais toujours inerte. Le sifflement rauque de sa respiration lui arrache un soupir de soulagement. Il n'est pas mort. Il palpe ses poches, trouve le trousseau de clés, gagne la porte et manque s'affaler dans le couloir quand elle s'ouvre en grand. Il manque de tomber dans les bras d'un officiel rejoignant les vestiaires des joueurs.

« La police... souffle Olivier, appelez la police... »

L'autre fait un écart et se plaque au mur du couloir en dévisageant l'apparition ensanglantée. Son visage exprime autant la peur que la surprise.

« Je vous en prie, vite ! reprend Olivier. Par radio, faites venir la police, Alain Salgado. Dites-leur qu'un assassin les attend dans cette salle... »

24

« COMME D'HABITUDE, monsieur Félix ?
– Oui, mon gars, *Le Parisien* et *L'Équipe*. Et tu ajouteras une bouteille de ce que tu veux boire, je te paye l'apéro, ce soir.
– Avec plaisir. Coca, ça vous va ? »
Le voisin fait mine de s'étrangler.
« Pouah ! Tu veux me pousser dans le caisson avant l'heure ? Monte-moi un truc qu'ils ne servent pas à Eurodisney, tu veux bien ? »
Olivier éclate de rire et acquiesce.
« Promis. Je peux venir avec quelqu'un ?
– Si elle est jolie, oui.
– Elle l'est. »
Il dévale les escaliers et se retrouve dans la rue. Boulangerie, marchand de journaux, itinéraire balisé du samedi matin. Deux pains au chocolat en main, il rafle les journaux félixiens et s'offre *Paris-Match*. Un détour par la supérette et il remonte chez lui, où le café doit être passé. Les quotidiens sont déposés sur le paillasson du voisin avant qu'il ne réintègre son *home sweet home*.

L'appartement a été vidé de sa littérature d'égout par la police venue faire le ménage. Olivier est de nouveau chez lui ; le sac de linge sale déborde dans la salle de bains, l'assiette sèche au naturel sur l'égouttoir. Il se remplit un bol de café, sort les chocolatines du sachet en papier et pose l'hebdomadaire sur la table. Le sommaire lui apprend que l'article d'Alain Salgado débute en page 56.

Il ne l'ouvre pas tout de suite. D'abord, il savoure l'instant.

En bas de chez lui, plus de kop Commando. Ils ont été jugés en comparution immédiate pour rébellion et violence sur agents de la force publique. À l'heure qu'il est, ils écoutent repousser leurs cheveux au frais. Plus de flic. L'homme à la Twingo, véritable fonctionnaire des Renseignements généraux aux ordres de Trakl, comme il l'a appris, est lancé sur une autre mission, son supérieur étant hors circuit. Il n'était hooligan que dans la tête du capitaine et avait bien reçu de lui l'ordre d'empêcher Olivier de découvrir ce qu'on avait déposé sur sa table et sous son lit, même s'il ignorait les véritables implications de cette mission. Trakl collectionnait les mensonges comme d'autres les timbres-poste. Il lui en avait collé un certain nombre sur le visage… Recruté, manipulé pour obtenir sur la Thug League les seuls renseignements qui servaient les intérêts privés du capitaine, il avait gentiment pris sa place sur l'échiquier, jusqu'à l'heure du sacrifice final. S'il n'avait pas croisé la route de Carl, puis celle de Salgado, où serait-il aujourd'hui ? Au bout d'un poignard de combat, avec un as de pique en guise de linceul.

Il trempe son pain au chocolat et enfourne une bouchée dégoulinante.

Il a dit adieu au Parc des Princes. Il s'est juré qu'il n'y remettrait plus les pieds. Le Parc qu'il connaît n'est qu'une bouche gigantesque qui lance au ciel un cri qu'il ne veut plus jamais entendre.

Il revoit la scène. La police qui investit la salle omnisport, le brancard qui transporte Tommy Gunn inanimé... Il a été lui-même soigné par une équipe de la Sécurité civile. Une lèvre fendue, des contusions multiples.

Ensuite, ce fut l'interrogatoire. Il a tout raconté, le meurtre, Trakl, Carl, Salgado, la Thug League, sans omettre aucun détail. Un lieutenant a pris sa déposition. Dans une autre pièce, Tommy Gunn a subi le même sort. On lui a présenté les premières conclusions du légiste : la blessure relevée sur le corps de Fabien Daume correspondait en tous points avec la lame du poignard récupéré dans la salle omnisport. L'Anglais a nié en bloc. Parole contre parole. Il avait été attaqué par un fou furieux, le poignard appartenait à son agresseur. Il n'était pas au Parc le soir du premier meurtre.

À travers une glace sans tain, sur l'invitation d'un lieutenant de la Criminelle, Olivier a pu le voir, l'écouter. Il a senti le piège se refermer à nouveau sur lui. Trakl, de son côté, allait tout nier en bloc lui aussi, et l'accuser d'avoir inventé une fable pour se disculper.

Parole contre parole. Celle de Tommy Gunn ne pesait pas lourd, c'était un hooligan reconnu, recherché pour meurtre en Grande-Bretagne. Mais, ajoutée à celle de Trakl, un gradé des Renseignements généraux, elle risquait fort d'entacher de suspicion la version que lui-même avait fournie.

C'est là que le miracle s'était accompli.

Olivier attaque la seconde chocolatine. Il sourit en mâchant.

La porte qui donnait accès à la pièce où il se trouvait s'est ouverte. Quelqu'un est entré, guidé par un des enquêteurs. Il l'a reconnue tout de suite, à ses cheveux et à sa mine renfrognée : la jeune femme qu'il avait obligée à se déplacer avant le match PSG/Nancy.

Elle s'est plantée devant la vitre et, sans hésiter, a tendu un doigt pour désigner l'Anglais avachi sur sa chaise.

« C'est cet homme ! Il avait un poignard dans la main, il a profité de la confusion pour s'enfuir et disparaître dans la foule.

– Vous êtes sûre, Mademoiselle ? lui a demandé le policier qui l'accompagnait.

– Absolument ! »

Puis elle l'a regardé. Il a découvert de jolis yeux blasés, un nez fin, et une ébauche de sourire.

Il y avait un autre témoin. S'il l'avait su avant, jamais Trakl n'aurait pu exercer son chantage et le forcer à jouer sa partition. La fille avait livré son témoignage le lendemain du meurtre, mais il était trop vague pour retenir l'attention des enquêteurs, d'autant qu'il se noyait dans les descriptions fantaisistes et contradictoires données par les dizaines d'autres spectateurs présents. Elle avait tout de même mentionné un poignard. Cet élément avait conduit le lieutenant en charge des dépositions à faire le lien avec Tommy Gunn lorsqu'on l'avait amené.

Ensuite, il avait quitté le commissariat. Et enfilé son ancienne vie comme des vêtements usés mais confortables.

Il ne subsiste des chocolatines que des miettes sur la table. Même pas assez pour intéresser un merle affamé. Il ouvre *Paris-Match*.

Piochées dans les archives, des photos couleur du kop de Boulogne illustrent l'article. Les banderoles des clubs de supporters sont brandies, des poings levés, on distingue des visages surpris au milieu de leurs vociférations. D'autres clichés suivent, de hooligans européens en action ou maîtrisés par des policiers en civil.

Olivier lit l'article d'Alain Salgado. Il commence sur un inventaire de l'actualité des casseurs du football. Puis on en arrive à l'Euro.

« Ces meneurs de groupes ultra-violents, dont le profil a su évoluer en même temps que les moyens mis en œuvre par les unités spécialisées pour les contenir, déjouent les pièges que leur tendent les forces de police, qui encadrent pourtant chaque rencontre comme si elle devait forcément dégénérer. Un certain nombre de clubs ou de pays – l'Angleterre, les Pays-Bas, l'Allemagne, la Belgique, l'Italie – drainent dans leur sillage les plus enragés d'entre eux. C'est ainsi qu'une nouvelle forme d'action a vu le jour à l'occasion du récent Euro, plus proche cette fois du crime organisé que du chauvinisme poussé à l'extrême. Sous l'impulsion d'un Français, Guillaume Safran, trente-deux ans, sémillant directeur d'une agence immobilière pour la façade, mais en coulisse redoutable chef d'un groupuscule mêlé aux supporters du PSG, une sorte d'euro-hooliganisme a vu le jour. Le raisonnement de cet homme donne a posteriori des sueurs froides aux polices européennes. Prenant acte du fait que les équipes des pays cités plus hauts, connues pour la violence de certains de leurs supporters, ne pouvaient plus se déplacer sans attirer aux abords des stades d'importants dispositifs policiers, il a conçu une sorte d'Euro parallèle réservé à des sélections de hooligans triés sur le volet, ces sélections étant opérées par les figures les plus radicales des pays engagés. Lothar Buchwald pour l'Allemagne, Luca Massaro pour l'Italie, Frank Snelders pour les Pays-Bas, Ronnie Coyne pour l'Angleterre, Filip Van Meir pour la Belgique ont répondu à son appel. Des formations de trente vétérans des campagnes hooligan ont été artificiellement jumelées à des équipes inscrites à l'Euro et se sont mêlées à leurs supporters ; la réputation pacifique de ces derniers autorisait les forces de police à accompagner leurs déplacements de moyens de surveillance réduits. Emmenés par un transfuge anglais, vingt-quatre durs parisiens alliés – c'est incroyable quand on connaît la haine qu'ils se vouent d'ordinaire ! – à cinq fanatiques de l'Olympique de Marseille ont représenté la France dans l'ombre protectrice des malheureux et innocents supporters de l'équipe d'Écosse. Au cours de ces rencontres, pas de but, évidemment, mais des points marqués pour chaque blessé de l'équipe adverse abandonné sur le champ de bataille. On savait déjà que les hooligans étaient davantage intéressés par le désordre que par le football, mais cette Thug League, le nom donné à cet Euro sanglant, signe l'aboutissement logique de leur tendance à couper le cordon entre les débordements et le sport qui, à les entendre, les justifiait.

« Comme si cela ne suffisait pas, Guillaume Safran a voulu profiter de l'occasion pour générer des profits sur le dos des centaines de hooligans européens concernés par les résultats de leurs champions. Il a structuré un réseau de paris clandestins qui lui assurait des bénéfices aussi considérables qu'occultes. Compte tenu des enjeux, il lui a fallu s'assurer du bon déroulement des opérations. Contre la promesse d'un partage du gâteau, il s'est donc offert la complicité d'un capitaine des Renseignements généraux tout spécialement chargé de surveiller la mouvance hooligan pour obtenir de lui les informations indispensables à la bonne marche de son entreprise. Cette collaboration les a conduits à commettre deux meurtres : un lieutenant des RG et un hooligan repenti ont fait les frais de leur folie commune. Ils auront prévu une manipulation de trop. Sur la base de renseignements fournis par

Pascal Radiguet, le responsable de la société chargée de la sécurité du Parc des Princes, lui-même ancien élément actif des tribunes de Boulogne où il a côtoyé dix ans auparavant Guillaume Safran, le capitaine Trakl a sélectionné un jeune homme présent sur le lieu du premier drame et exercé sur lui un subtil chantage pour faire de lui son informateur. Son intervention a permis l'écroulement du château de cartes. Arrêté, le meneur anglais de la formation française, Tommy Gunn, a livré son patron Guillaume Safran, qui s'est ensuite accordé la joie de ne pas plonger seul en dévoilant dans le détail le rôle central tenu par l'officier des Renseignements généraux. Ils répondront bientôt des inculpations de meurtre, tentative de meurtre, violences aggravées et autres délits, ce qui leur laissera tout loisir de développer une section football dans la centrale qui les accueillera. Si la solidarité est une vertu des sports d'équipe, ils pourront y méditer sur celle qui aura joué à l'issue de leur compétition sauvage.

« À l'heure qu'il est, les protagonistes de cette lamentable affaire ont été mis hors d'état de nuire. Reste aux spécialistes concernés à adapter leurs outils de surveillance aux dérives de ces extrémistes du foot qui développent au sein d'un sport qui est et doit rester immensément populaire un cancer qu'il faudra bien essayer de guérir.

Alain Salgado. »

Olivier repose le magazine. Il se lève et dépose son bol dans l'évier.

C'était donc bien Trakl qui avait téléphoné à Kamel pour obtenir son adresse... Du grand art.

Le carillon de la sonnette retentit. En passant devant la glace accrochée dans le petit couloir qui prolonge la porte d'entrée, il s'arrête pour se recoiffer, mais ses cheveux n'ont pas encore assez repoussé pour que l'opération soit possible. Il hausse les épaules et va ouvrir.

Sur le palier, elle est là. Ses cheveux sont ramenés sur l'arrière et tenus par des barrettes, comme si elle ouvrait enfin son visage au regard des autres. Olivier note le trait de crayon noir discret qui marque le dessin des yeux.

« Je ne suis pas trop en avance ? demande-t-elle.

– Non », dit-il.

Il s'écarte pour la laisser entrer. Sur le seuil du salon, elle attend, embarrassée. Olivier lui propose le fauteuil. Elle tourne la tête vers lui, la malice fait sourire ses yeux.

« Cette place n'est pas numérotée ?

– Pourquoi ? la tacle-t-il en douceur, ça a de l'importance pour toi ? »

Elle s'installe au bord de l'assise et pose ses avant-bras sur ses genoux, selon son habitude.

« Aujourd'hui, ça n'a plus aucune importance. »

Par la fenêtre ouverte entre la chaleur d'été.

Au loin, le stade se tait.

DANS LA MÊME COLLECTION

- **La trilogie d'Arkandias - Éric Boisset :**

  Le Grimoire d'Arkandias (tome 1)
  Arkandias contre-attaque (tome 2)
  Le sarcophage d'outretemps (tome 3)

- **Nicostratos - Éric Boisset**

- **La Fiancée du Nil - Christian Jacq**